歲月的育養

給現代父母的啟示

黃麗彰、黃志昌、黃麗明、黃志安 著

歲月的育養——給現代父母的啟示
作者／黃麗彰、黃志昌、黃麗明、黃志安
總編輯／馬鎮梅
文字編輯／沈怡菁
美術設計／何雋
出版發行／突破出版社
香港沙田亞公角山路33號突破青年村
電話：2632 0000　傳真：2632 0388
電郵：breakthrough@breakthrough.org.hk
網址：http://www.breakthrough.org.hk
http://www.btproduct.com
承印／陽光印刷製本廠
2010年7月初版1刷

Those Were the Days: The everlasting parenting
by Wong Lai-cheung, Wong Chi-cheong, Wong Lai-ming, Wong Chi-on
First Printing, First Edition, July 2010

ISBN 978-962-8996-95-7

本書採用環保油墨印刷

心　靈　關　顧

關懷、連繫、復和、

溝通、對話……

凝視心之脈動，

直到重新尋獲自己的心。

【目錄】

第四部：育兒技巧

附錄：孫兒的心聲

【作者序】

大約兩三年前，有一次與總編鎮梅相約晚膳，她問我有沒有任何寫作的計劃，當時我在構思一本有關中年危機的書，亦正值面對自己的人生轉變，有很多思緒，想好好整理一下。在分享的過程中，偶然提及我的父親，說他怎樣活出榜樣，令我明白人生道理。

鎮梅有敏銳的編輯反應，立時便問我何不寫一本關於父母怎樣教導我們的書，不需要專業的理論，而是由我們的真實經驗出發，從中反思現代父母的育兒方式。這是挺有趣的建議，回家後，我想到我還有三個弟妹，不知他們有沒有興趣參與？其後在一次家庭聚會裏，我提出這個構思，豈料弟妹們都十分雀躍，還建議孫兒一代也一起參與。大家就此拍板，展開了這一項四姊弟的合作計劃。

可是，香港人生活實在太忙碌，熱情過後，就是實際行動的挑戰。我一向交稿準時，不大明白編輯追稿的痛苦，不過當我向弟妹們追稿時，可給我嚐到這種滋味，「你什麼時候可以交稿？」「近來太忙，再多給我一兩個月！」然而兩個月後再追，一樣是交白卷，如是者拖拖拉拉的，竟用了兩年時間才收齊所有稿件。接下來是更艱巨的工作：四人的文筆風格各異，所寫的重點也不同，每篇文章的長短懸殊，如何把這些文章湊合成書？坦白說，初步的編輯和整理工作，要比我獨力寫一部書還困難，但當想到這本書對我們一家人的意義，我也就堅持下去。

初步編寫完成後，我把稿件電郵給眾弟妹，大家都十分興奮，回顧父母為我們所做的一切，我們的心無不感動。我們的父母並不完美，也有很多人性的弱點，同樣地，我們作為兒女的也經常犯錯，令父母憂傷痛心；但有一點我們卻十分肯定，就是父母對我們那份無私付出和犧牲的愛。

上一代香港人大部分沒有受過多少教育，但作為父母都相當稱職。他們不懂什麼理論，只是踏實地過生活，不間斷地回應子女的成長需要，當中沒有什麼花巧，有的是從樸實生活而來的智慧。我們把過去的故事說出來，從而反思現代親職，並非要提供所謂絕對的答案，只是一種經驗的分享。

適逢今年母親七十大壽，父親也將屆八十，過去兩老對我們的付出，實在無以為報，這本書就作為我們姊弟四人對爸媽一個小小的報答。

為方便讀者閱讀，全書統一以我作為第一身敘述，其他兄弟姊妹便以二弟、三妹、四弟來稱呼。

最後，很想多謝鎮梅、怡菁兩位編輯，沒有鎮梅的提議，根本沒可能有這本書，還未有稿件之前，她已答允出版，當中對我的信任，已超乎一般的合作，彷彿她對我認識多年，有種盡在不言中的默契。至於我與怡菁是新相識，很感激她細心閱讀我們的初稿，有時我們寫得太投入，只顧述說自己的故事，忘記了對讀者的意義，多謝她的提醒，盡顯她的專業精神。

黃麗彰

二弟、三妹、四弟的大家姐

【前言】
現代父母的挑戰

孩子的成長

近年有關家庭輔導理論的興起，令大眾開始意識到一個人的成長經驗與其心理發展和行事為人，有着密切的關係。父母早年的教導和培育，彷彿為孩子的成長繪畫了一幅藍圖，影響到孩子如何看自己、看世界，由此發展出一套適應環境的生存法則。

1. 自尊感

每個人都須要覺得自己的生命是有價值和尊貴的。這種自我價值不是來自外在可變的事物，例如外貌、成就和學識等，而是建基於一份無條件接納的恩情；若在成長過程中欠缺了這份無條件的接納，一個人的自尊感也會偏低，轉而倚仗外在的認同和肯定，才能確立自我價值。換言之，自尊感的高低直接影響人與外在世界的關係，缺乏健康的自我評價，會使人傾向自卑自憐，害怕被拒絕。試問過分介懷人家對自己的看法，又怎可以建立健康的人際關係？

2. 世界觀

父母教孩子怎樣理解這個世界？是友善的還是充滿詭詐？是正義的還是滿佈邪惡？基於孩子對人生、對世界的認識，便會作出不同的反應。例如有些孩子認為世界是友善的，於是對人充滿信任，敢於冒險；但有些孩子則對人對世界充滿懷疑，處處小心翼翼，為保安全而收藏自己，結果生活圈子變得愈來愈狹小。父母怎樣看世界，便成為孩子參照、效法的榜樣。

3. 適應環境的方法

孩子對自我的觀感加上對身處世界的看法，自然地形成了一

套適應環境的方法。其實，每個人都有一套生存模式，例如有些人從小就要不斷鬥爭和努力，以適應苛刻的成長環境，長大後亦往往把同樣方式應用在生活各方面：在工作上與同儕力求競爭，在婚姻中與配偶互不相讓等。然而，曾經行之有效的模式未必就能套用在其他領域，若是缺乏反省，未能靈活地回應環境所帶來的特殊挑戰，便會令人碰撞得焦頭爛額，甚至導致悲劇的發生。

父母的挑戰

父母為孩子提供了一個怎樣的成長環境，影響到孩子如何建立自尊感和世界觀，以致形成適應環境的模式，這些都是現今輔導理論所關注的課題。了解到成長經歷對孩子的性格會構成重大影響，現代父母在培育子女方面的意識增強了，但同時亦造成了很多無形的心理壓力。今天的為人父母者，比以往面對更多的挑戰和掙扎。

1. 內疚感

今天的父母往往背負沉重的內疚感，既怕做得不夠好，又怕做錯。在內疚感的驅使下，父母不斷追求完美，努力學習更多的育兒技巧，尋求新穎的管教方式。而為了滿足新一代父母在這方面的渴求，坊間出現了大量琳瑯滿目的「親子溝通」、「親子關係」、「親子遊戲」等書籍和課程，令父母疲於奔命。有時候，父母過分歉疚，怕影響親子關係的和諧，會導致他們不敢行使父母的權威，結果反遭孩子操控，成為他們的婢僕。

2. 焦慮感

現代社會競爭激烈，父母擔心孩子長大後的生存空間，因此盡一切努力協助孩子成材，增強他們日後的謀生能力。原本父母幫助孩子掌握謀生技能是無可厚非的，但當這種焦慮蓋過了與孩子一起的心情，忽略了享受孩子天真瀾漫、簡單純樸的特性，培育孩子便會成為一項沉重乏味的負擔。父母的過分擔憂，也會令

孩子誤以為自己是包袱，是個不可愛的人。

3. 遺憾感

有些父母本身的成長坎坷，種種未了的心願累積下來，生命充滿遺憾，於是自己做不到的，便下意識地期望孩子代為完成。這類父母，口裏雖說孩子將來做什麼也無所謂，但卻不自覺地施加無形壓力。孩子想令父母喜悅，自然順應其期望，若是做不到，便會感到沮喪、內疚和自責。

其實孩子始終是獨立的個體，應該有自己該走的路；父母要相當自省，不要把自己的遺憾加諸孩子身上，才能給予孩子寬廣的成長空間。父母也要不斷成長，誠實面對自己，從錯誤中學習。這些非關育兒的技巧，而是做人的問題。

前民運領袖王丹的母親王凌雲女士，在其著作《歲月蒼茫——我與兒子王丹》中說，當年她本有機會阻止兒子參與學運，明知兒子走上一條不歸路，做母親的豈不矛盾萬分？但最終她仍然尊重兒子的選擇，忍痛支持他完成自認為應該做的事情。這是何等偉大的母愛！若非她能放下自己，又怎能付出這無私的愛？

重拾單純的親子情

當父母們為求成為稱職的爸媽，不斷學習新知識、新技巧的同時，很容易忽略了最單純、最原始的親子情。這是一份沒有額外要求、不含評價的無條件接納。在這接納中，孩子不用擔心自己未達要求，或表現未如理想而失去父母的愛。這份單純的親子情才是建立自尊、自信的基礎。

曾聽過一個真實的案例，一名品學兼優的學生，多次代表學校參加校外比賽，獲獎無數，父母師長都以她為榮。有一次她參加游泳比賽，每個人都對她充滿信心，她自忖即使未能獲冠，也必是三甲之內。豈料她竟被淘汰出局！所有人都大感愕然，但最震驚的是她自己。比賽過後，她茶飯不思，還把自己關在房間內；她羞於面對眾人，也似乎無法面對自己，日子久了，竟患上

精神病！

其實，穩固和持久的自信，是建基於無條件的接納，令孩子相信，不論是否能達到別人的要求，不論表現是否完美，他都會得到父母不離不棄的愛，在父母心目中，他永遠是個可愛的孩子。

誰憐天下父母心

當孩子日漸成長，自然會念及父母的養育劬勞。父母不知要捱過多少個偎乾就濕的晚上，流過多少因孩子叛逆而來的眼淚，才等到孩子長大和懂事。中國的傳統文化，特別着重孝道，對父母的恩情滿懷尊敬和欣賞，並認為縱然父母並不完美，身為子女的也當孝順父母。然而西方心理學卻走向另一個方向，非但沒有高舉孝道的美德，反而處處追究上一代的錯誤。一個人如果出現什麼問題，就要追溯其童年陰影，焦點總離不開是父母的錯，形成了一種譴責父母的文化。

我們的父母並不完美，也曾犯錯，然而沒有他們無私的付出，沒有他們含辛茹苦的犧牲，根本沒有今天的我們。

我和三個弟妹出生於香港六十至七十年代。正如很多香港人一樣，我們的父母是從內地逃難到港的難民，在此地無依無靠，只靠勤奮的雙手和堅強的意志，落地生根、生兒育女，組織起一個家。今天我們姊弟都已長大成人，有各自的事業和家庭。有子方知父母恩，當弟妹們有了自己的下一代，就更欽佩父母昔日的付出——怎麼在資源如此匱乏的情況下，還可以給子女供書教學、健康成長？我們更感激他們營建了一個和諧的家，讓我們有個快樂的童年，縱然沒有什麼昂貴的玩具、新穎的衣裳，但兒時的回憶，都充滿了甜蜜歡樂。

我們的父母沒有受過什麼教育，也沒有上過什麼家長課程，父親只有小學程度，母親更是目不識丁。他們有的是一份對子女純粹的愛，以及一顆無私付出的心。從我們的成長中可以體會到，出色的父母不一定是讀書多、學歷高的人；我們的父母也不懂什麼理論，只有從平凡生活中透過不斷反省而來的智慧。現代

父母要面對種種新挑戰，更需要智慧。但智慧不是由知識多寡、學歷高低而決定，透過對孩子無私的愛，虛心的反省，父母的智慧便會培養出來。

本書期望透過分享我們四姊弟的成長故事、一些過往與父母生活的片段，以及他們為人父母的經驗，能讓新一代的父母從中得到啟迪。

在農曆新年時一家人難得穿上新衣服拍的全家福。

第一部

做人哲學

父母如何能得到子女的敬重？

很多父母想樹立權威，藉此令子女聽教順從；然而權威並不是透過唬嚇或操控得來，而是要父母以身作則，以身教鞏固其言教來建立的。

父母要求孩子做到的事，自己就先要做出來；沒有身教作為榜樣，多動聽、多有道理的教導都會顯得薄弱無力。孩子的心往往是澄明的，成年人的虛偽或言行不一，瞞不過孩子的眼睛。父母是怎樣的人，便會成為怎樣的父母，這是人所共知的道理。因而要得到子女的敬重，老老實實地以身作則，一定勝過千言萬語的大道理。

我們的父親母親

我的爸爸在上世紀三十年代的中國出生，在家中七兄弟姊妹中排行第五。他的父親，即我的祖父，是經營生意的，曾置買不少田地，家境算是不俗。我的祖母出身大家閨秀，知書識禮，不幸生逢亂世，成長期間飽歷辛酸。

可惜祖父在爸爸五歲那年離世，遺下祖母獨自帶大幾個年幼子女；祖母生性純良，毫無防人之心，祖父留給她的田地財產竟被人一一騙去，最後落得一貧如洗。因此爸爸在年少時便要替人家種田看牛，幫補家計，並沒有受教育的機會。眼見家道中落，孩子的文化水平比自己還要低，相信祖母的內心一定極為難受，但又無可奈何。

爸爸不單在幼年就已經歷喪父之痛，還要面對殘酷的戰爭。他六歲那年，正值日本侵華，他親眼目睹戰亂中滅絕人性的暴行，日軍如何殘害手無寸鐵的平民百姓，非我們可以想像。為了逃避戰火，祖母曾經帶同爸爸等幾個子女到香港避難，那時得到不少慈善團體（如寶安同鄉會、天主教會等）的幫助，免費派送粥、飯、麵包等糧食，難民才得以保命。爸爸當時只在香港逗留了兩三個月，就返鄉去了。當然鄉間的生活並不好過，但總算是自己熟悉的地方。

後來中國變天，共產黨執政，爸爸曾被編派去建水庫、當苦力；但這還算不了什麼，更難捱的是大饑荒的日子，為求生存，爸爸連樹根、樹皮都吃過。在性命堪虞的情況下，爸爸無奈再度逃難，終於在 1959 年成功來到香港，並在這裏落地生根。

媽媽成長的遭遇比爸爸的還要悲慘。我的外祖父也是生意人，且精通醫術（據説是家傳技藝，代代相傳）。外祖母是個秀外慧中的賢婦，為外祖父誕下四女一男，媽媽是長女。媽媽出生時家境算不錯，家中還有傭人侍候。卻正因家境頗富裕，在共產黨執政時被評為「資產階級」、「大地主」，非但要充公一切財物，更要全家進行批鬥。當時外祖父被判勞改，外祖母不堪受辱，投

井自盡，遺下了十二歲的媽媽和四個年幼弟妹。媽媽曾經行乞街頭，但最終仍不保小弟的性命——他因缺糧而餓死，去世時還只是一個六個月大的襁褓嬰孩。其後媽媽和三個妹妹惟有寄人籬下，其中一個妹妹被送去保良局，自此一別，再沒有她的音訊。數十年後，外祖父曾四出搜尋，想要尋回這個失散的女兒，可惜當時孤兒院的紀錄不全，資料佚失；加上職員力勸外祖父，既事隔多年，孩子亦已長大成人，有自己的人生，還是不要打擾這孩子的生活了。外祖父別無他法，況且這位職員的勸説也不無道理，結果，外祖父直到臨終時仍無法與這失散的女兒重逢，帶着遺憾離開人世。

媽媽在一位號稱是她姑婆的家中長大，但這位姑婆只把媽媽當僕婢差使，亦沒有給她足夠的衣着食用。在缺失家庭溫暖的情況下，媽媽十六歲便嫁給了爸爸。後來遇上大饑荒，爸爸先行逃難到香港，期間不住接濟仍留在鄉間的媽媽；三年後（1962

年)，媽媽終於成功來港與爸爸會合。爸爸媽媽此後在港定居，並生了我們姊弟四人，過着清貧卻是愜意的生活。

忠於自己的「落伍青年」

小時候，爸爸曾向我們訴說他在鄉間的故事。

當共產黨執掌中國政權時，祖父一家的家境已由小康變成清貧，是名副其實的「無產階級」。然而禍兮福之所伏，正因身分已變成無產階級，竟讓他們僥倖地逃過一劫，不像媽媽一家慘遭批鬥，弄致家破人亡。

本來爸爸的無產階級身分確實給他某些方便，但是共產黨早年的所作所為，實在令他看不過眼。有一回，爸爸所屬村落的村民聚在一起要批鬥資產階級，批鬥過程之殘忍無良，令當時只是青年的爸爸不願參與。他撫心自問，實在過不了自己的良心，於是借故逃脫，此後亦不再參與什麼「會議」、「批鬥」。因着他的不積極，結果被評為「落伍青年」。

從今天的角度看，這個「落伍青年」的標籤沒有什麼大不了，但若從當時的處境去了解，落伍青年豈不也像今天的「問題青年」、「雙失青年」又或者「隱蔽青年」嗎？一個帶着歧視的標籤，加在一個才二十來歲的年輕人身上，是何等的不堪。爸爸被評為有問題，自然要接受改造，接受思想教育；然而不論什麼制度上的改造，也沒有扭曲他敏鋭的良心，這種為忠於良知而甘願背負代價的情操，實在難能可貴。

由於這段年輕時的經歷，爸爸特別着重教導我們要明辨是非，尤其是大多數人都認為對的事並不代表一定正確；人必須要有獨立思考的能力、敏鋭的良知和慎思明辨的做人態度。爸爸的身教，令我們從小到大都明白做人不可人云亦云，要忠於自己的良心。四弟就曾經在工作中為要保障基層員工的福利，致令他失去了某些「着數」，從他身上，我們彷彿看見爸爸昔日的影子。

現今香港社會的情況複雜，各階層之間的矛盾日深，社會上的既得利益者為了維護私利，往往有很多混淆是非的論調。這一代的父母更要幫助孩子慎思明辨，做個頭腦清醒的人。

生命誠可貴

經歷連綿的戰事，中國共產黨終於在 1949 年執掌內地政權；然而政權的統一並不代表社會環境就此安定，在上世紀五十年代的中國，出現了一波又一波的政治運動。政局不穩，受苦的當然是黎民百姓。

在五、六十年代交接期間，神州大地發生了嚴重饑荒，為了保存性命，一批一批的難民冒險逃難到香港，我們的父母便是其中一員。

爸爸和媽媽當時剛結婚不久，還未有孩子，二人商討逃難計劃，決定分別在不同的時間離開。為什麼逃難也要有先後之分？因為他們知道逃難的風險甚高，不想雙雙送命，若其中一個遇上不測，還有另一個可保存性命，這樣便可繼續供養彼此的父母。在大難臨頭的一刻，父母明白生存的可貴，亦不忘做人的道義。

於是，爸爸首先出發，越過高聳山嶺逃到香港。聽爸爸憶述，很多人在逃難時墮崖身亡，沿途屍橫遍野，令人毛骨悚然。事實上他在逃難期間，也差點命送黃泉，事緣他在攀山的過程中，因極度筋疲力竭而快要支持不住，下面便是萬丈懸崖……千鈞一髮之際，同行的同村兄弟叫他望向遠方；爸爸看見不遠處華燈點點，頓時重燃盼望，因為燈火通明之處便是目的地。正因為一股盼望近在眼前，爸爸用盡餘力繼續前行，最終安然抵步。

知道爸爸成功逃到香港後，媽媽隨後也踏上逃難的路途。她曾多次逃難失敗，有一次更被困山頭，目睹遍野屍骸，竟嚇至病倒，臥牀不起接近三個月。但媽媽沒有放棄，繼續為求生而逃走，最後終於來到香港與爸爸團聚。

爸媽的逃難故事，深深印在我們腦海，讓我們看見生命的可貴，明白到在瀕臨生死邊緣之時，一線盼望的曙光就能讓人活下去。其實我們姊弟四人也曾遭遇人生的風浪，但我記得三妹很有信心地説過這樣一句話：「現下有很多關於自殺的新聞，令人惋惜，但我們是不會尋死的，因為我們明白生命的可貴。」

正是爸爸媽媽以他們的生命見證，給我們榜樣，知道要珍惜生命。

身體力行

在六、七十年代，香港可說是個難民的社會，很多人都是由中國大陸逃難出來，他們的生活習慣、舉止談吐自然也會很「國產」。

爸爸由鄉間來到香港，也「承襲」了中國人一項舉世聞名的習慣——吐痰。記得當年的國家領導人鄧小平先生在接見外賓時，也有痰盂在旁，旋即成了一則國際花邊新聞，貽笑大方；由此可見，「吐痰」真是中國獨特的「民風」。但這當然是個很不衞生的習慣。

在我念小學時，社會科的其中一課便是教導我們「不要隨地吐痰」。聽到老師在課堂上滔滔不絕地講述吐痰的不是，又譴責這是中國人的陋習，是不衞生和不雅觀的生活習慣；我一邊聽，一邊覺得很羞愧，因為我的爸爸正是吐痰一族，我該怎麼面對一個既骯髒又不雅的爸爸？

回到家裏，我滿心不安；隨後爸爸帶我到街上散步，他又再次表演其吐痰絕技，我終於按捺不住，向爸爸投訴說：「吐痰是不對的！」爸爸起初還投以委屈的眼神，向我解釋說：「痰要吐出來，不要留在身體中，否則不利健康。」我不管什麼健康不健康的問題，只知道爸爸吐痰的舉動令我感到羞愧，我惟有複述老師在課堂上所講的道理。爸爸聽後，沒有再辯解，反而沉思良久，然後對我說：「你說的有道理，這是爸爸的錯，我答允你，以後不再隨處吐痰！」自此以後，爸爸果真戒除了隨地吐痰的習慣。

爸爸當日言出必行，說改就改，反觀自己今天要改變晚睡的習慣也殊不輕易。他正是以身教向我們示範：錯而能改，善莫大焉。縱然他是長輩，也不介意向晚輩承認自己的錯誤，這是何等大的道德勇氣！而且，他不單止在口頭上承認錯誤，更同時身體力行，用行動糾正錯誤。

沒有行動的糾正，認錯只是空談，只是搪塞之詞。爸爸的行為，正好給現代人一個很大的提醒：不要只着重追求言語上的修飾，必須有實際的行動配合，這樣的悔改才真正有誠意，更令人信服。

勇於認錯

小時候我們一家六口去旅行，就算是乘坐最便宜的公車，加起來的車費對我們家來說，仍是一筆不少的負擔。有一次，我們一家登車時，碰巧司機可能上了洗手間，爸爸見司機席上無人，貪念頓起，為節省金錢，沒有投放車資。司機一直沒有發現此事，我們也順利乘車到達目的地。但在下車之後，一位同行的乘客在旁竊竊私語，說我們是坐「霸王車」的一家人。爸爸聽見這位乘客的批評，內心感到不安，對我們說：「爸爸做錯了，給你們立下了一個壞榜樣，就算沒有被察覺，也不應該乘車不付錢。我發誓以後不會再這樣做。」爸媽都是言出必行的人，自此之後，爸爸真的沒有再犯。

人總難免會犯錯，這件事令我們看見，最重要是犯錯之後不要為自己找藉口開脫，而是認真地反省、誠實地面對。有時我們也會奇怪，為什麼爸爸能夠坦然承認自己的過錯？或許他明白人犯錯是自然的事，人無完美，重要是知錯並改過。不少人對自己有過高的要求，未能接納自己的不完美，做錯事後，反而不住的掩飾或以諸多藉口去解釋；不去面對和正視的結果，是很容易會一錯再錯的。

記得有一年我帶爸媽到加拿大旅行，旅途中探望了我的一位舊同事，這位同事講述了另一位移民的遭遇，謂他在香港本來享有高薪厚職，但移民後便失業，四出哄騙朋友的金錢。由於他不願面對自己的錯誤，於是不斷以謊言掩飾另一個謊言，朋友們受騙後都感到憤怒，繼而疏遠他，結果他落得眾叛親離的下場。爸爸默默地聽完了這個故事，只回應了一句：「他應該坦白向朋友認錯，只要他真誠地道歉，別人總會原諒他的。」這正是爸爸一生的哲學，他所說的也是他身體力行的做法；對他來說，認錯並不可恥，逃避錯誤才是值得羞愧的。

好奇心與好學心

媽媽雖然目不識丁，但她對世界卻擁有一顆強烈的好奇心，很多東西都能引發她的興趣，很多事她都想明白。其實媽媽十分渴望追求知識，可惜幼時慘歷家破人亡，失去讀書機會，十六歲便結婚，及後又逃離來港，不久就生下了四名子女，終日忙於生計和照顧家庭，哪有尋求知識的機會？然而生活的勞累沒有使她對世界的好奇消淡，她透過不斷的觀察來自學，遇上不懂的事總是不恥下問。

記得幼時住在公共屋邨，一家六口擠在一間不到二百平方尺的斗室內，但媽媽竟然有辦法在既是廚房又是陽台的狹小空間裏，種植不同的植物並製作各式藥材。小時候我們很少看醫生，就是因為媽媽懂得很多保健的食療處方，這些處方是她不斷向人請教學回來的。除此以外，媽媽也請教別人不同菜式的烹調方法，她不識字，就用腦袋記着，然後回家實踐，所以我們一家的口福不淺。媽媽經常有新款菜式供我們享用，事實上我們對食物的味道甚有要求，可說是給媽媽寵壞的。

媽媽沒有受過正規教育，但她卻有一股熱切的學習精神，認真學習，不恥下問，過程中縱遇到多大的困難，也不輕言放棄。我們似乎都繼承了媽媽這種勇於求進、主動學習的精神；不論是書本上的知識，還是做人的學問，我們姊弟四人至今都堅持終身學習。

知足與感恩

記得我第一次帶父母遠行，是去探望在加拿大的堂姐。

堂姐是爸爸兄長的女兒，少時從鄉間偷渡來港，投靠我家；當時我們的生活十分貧困，但爸爸仍對堂姐盡上道義的責任，令堂姐銘記於心。直到今天，堂姐已為人祖母，仍不忘爸爸當年的恩情，每年爸爸生日她總是第一個記起，對爸爸亦盡她作為姪女兒的孝道。

爸爸經常惦掛堂姐，那年我剛巧可以騰出時間，便與父母往加拿大一趟。堂姐知道叔父母遠道而來，感動不已，當然盛情款待；爸媽在堂姐家中亦住得十分愉快。

閒來堂姐與我傾談，輕鬆地說：「招待你爸爸是十分容易的事，幾乎只要給他一口飯，他便會滿足！你們姊弟能有這樣一個父親，真的很幸運。」堂姐說得不錯，爸爸是個容易知足的人。小時候，他就經常教導我們：知足者，貧亦樂。爸爸深信這個道理，從來不會在物質上要求很多。爸爸童年經歷過饑荒之苦，來港後的生活也是捉襟見肘，但他沒有因為從前的貧困而要求過分補償，反之，昔日的不足令他更加感激今天擁有的一切。

那次從加拿大回來後，我問爸爸是否滿意那個旅程，他很欣慰地說：「我從前在鄉間是看牛的，沒想過可以有今天的生活，不但可以吃得飽足，竟然還可以坐飛機到遠方旅行！坐上飛機的一刻，我心裏很感動，很滿足。」

這番心聲，令我想起堂姐對他的評語，爸爸的確是個容易滿足的人。由於他容易知足，也就培養了知恩、感恩的情懷，這份情懷亦化解了他昔日的痛苦與傷痕。

有些人由於過往種種傷害，造成心結與遺憾，當有一天成為父母後，便會不自覺地把未化解的遺恨、未了的心願，加諸孩子身上，期望在孩子的身上得以完成或實現。孩子背負了太多父母的心願，很難走出一條屬於自己的路。有些父母雖然在頭腦上明白這些道理，但付諸行動卻並不容易，不單需要意志上的自制，

也要有開放的胸襟。也許真要一份知恩感恩的情懷，才能幫助化解心結，培養出更寬闊的心靈空間。

承擔的人生

在我們都長大後，爸媽便屆退休年齡。爸爸一生辛勞，可悲的是退休後卻沒有足夠的保障。他們現時的生活費，全賴我們姊弟四人供給，然而爸媽從來不會主動向我們索取家用，亦從不介意我們供給多少。我們便按各自的能力供養他們，由於收入高低不同，供給的家用也因人而異。

有一次，我好奇地問他們，為什麼從不主動向我們索取家用？為什麼不坦白説出心目中的要求？回答是，他們已盡了做父母的責任，若他們的教導未能讓我們明白當子女的責任，這只能歸咎於他們教導無方，要為此承擔後果，無怨無悔。

爸爸媽媽認為，養育子女是天職，他們只是忠誠地履行責任，並沒有期望得到什麼回報。教導子女盡責做人，是為人父母者份內的事，若然連這個份內事也做不到，還可以怪誰呢？我一向以為承擔就是忠於所託，完成託付，卻沒有想過勇敢地面對後

果也是承擔的一部分。從爸爸媽媽的身上，我們開始明白何為承擔——承擔是盡忠地履行責任，同時亦有勇氣面對後果。

在現代社會生存，人們付出，大多期望着回報，司空見慣；若果回報與付出不成正比，便怨天尤人，覺得不公道，甚至不擇手段要奪回自以為應得的東西。在資本主義的世界生活得久了，自然也把付出與回報的關係作如是觀。然而從爸爸媽媽這一番卑微純樸的話中，我們似乎看見另一種對待人生的態度——知道自己的天命，盡忠地履行天職，勇敢地承擔後果，無悔於默默付出。

第二部

犧牲的愛

有一位媽媽，她有兩個孩子，在別人眼中，兩個孩子都學有所成，而且乖巧懂事，於是親友們都向她請教，究竟她教導孩子有什麼心得，有什麼理論？這位母親所受的教育不多，卻很有智慧，她說，她並沒有什麼特別的理論，但認為父母只要全心為孩子，愛孩子，隨着他們成長，不斷認識他們的變化，然後作出相應的回應便可。管教是要嚴厲還是寬鬆，不能一概而論，要看實際情況如何。

有很多父母自以為十分愛孩子，為他們做了很多事，但總是不明白孩子真正在想什麼、需要什麼。這是要父母們誠實面對自己，究竟對孩子的愛，有多少自私的成分？例如想孩子跟隨自己的路走，沒有真正明白孩子的需要；又或是自己有太多未了的心願，想孩子代為完成等。明白孩子不需要太多理論、太多學識，重要的是為人父母者願意犧牲的程度。

曾經聽聞一項有趣的調查，分別向上一代的父母和現今年輕一代的父母問同一個問題：若你和孩子都餓了，但只有一個麵包，你會如何處理？上一代的父母不加思索便說會把麵包給孩子吃，但年輕的父母則說，會把麵包分成兩半，孩子吃一半，自己吃一半。雖然不能確定這項調查的出處及準確度，但不妨藉此反思：現代父母的學識增加，育兒理論又繁多，但犧牲的意願有沒有反而減少了。

活出來的愛

有一位母親，經常在人前説自己如何疼愛女兒，然而母女關係卻十分緊張，令她大惑不解。她的女兒也不太願意表達與母親的關係，有時只敷衍地説知道媽媽愛她。這個女孩子平日一向喜歡表達自己，但每當提及母親就會安靜下來，情況並不尋常。後來在一次街上的偶遇，終於讓我解開疑團——那位母親因不滿女兒的成績，竟然在大庭廣眾下向女兒大發牢騷，用詞之刻薄，説話之尖酸，就連旁人聽到也感到難堪。最荒謬是，她在責難的話語中竟夾雜着「很愛你」、「全為了你」、「為你好」的「愛語」，跟那涼薄的語調、刻薄的譴責形成強烈的對比，顯得自相矛盾。面對強悍的母親，那女孩只得垂下頭，一言不發，尷尬非常。對於這個孩子，什麼「媽媽愛她」、「關心她」都只屬空話；在日常生活真實的情景中，這位母親並未能「活」出對她的關愛。她需要的可能只是一個溫柔的微笑、一句鼓勵的話。

還記得小時候，好動的三妹常在狹小的家中蹦蹦跳跳，偶然會弄破一些東西，爸媽即時的反應是先查看她有沒有受傷，然後還會安撫一番。三妹從未因爲摔破東西而受到責備，因為爸媽相信小孩子應該是活潑的，好動是兒童的天性，而子女的安全比一切物質更重要。這豈不是比說「我愛你」、「我關心你」更能讓孩子感到愛嗎？

此外，三妹討厭吃魚，所有讓她看得出是用魚作材料的菜和湯，她都不吃不喝。媽媽希望三妹多吸收營養，但從不勉強她，反會巧用妙計，把魚肉混在其他食物之中，或把魚湯裏的魚丟去，這樣三妹因看不見魚就「上當」。這種方式今日也有很多父母採用，但關鍵不在方式是否新穎，而是三妹因此深深感受到被愛和被寵，直到今天她仍然為這些「受騙」之事津津樂道哩。

三妹出來社會工作不久便搬走自住，雖說過着獨立自由的生活，但沒有父母在旁的日子，美味的菜餚、滋潤的湯水一概欠奉。有一晚，當三妹下班回到家中，發現桌上放了一壺湯——

是爸媽在她上班時帶來的「愛心湯」，這是世界上最滋潤鮮甜的湯，滋潤了三妹乾渴的心田。記得三妹結婚時是冬天，媽媽得知婚禮當日將會十分寒冷，便連忙動起針線，為三妹編織了一條「羊毛短褲」，讓她穿在裙褂內保暖。雖然爸媽很少說「愛」，但他們在生活中的點點滴滴，已深深表達了什麼是父母的愛。

現代很多育兒理論都鼓勵父母多向孩子表達關愛，但話說得多而沒有具體行動配合，便會顯得虛弱無力。為人父母者更要留心坊間有關「優質時間」的說法，這套說法指出，父母若是太忙，無暇照顧子女，便可運用所謂「優質時間」與子女相處，把握時機多對孩子說些好聽的話。坦白說，缺乏實際行動的愛是空洞的，若再加上什麼優質時間的「自圓其說」，未免有點牽強，甚至虛假。

父母昔日用行動表達了對我們的關愛，三妹也學效了媽媽的榜樣，願意做一個用行動表達關愛的母親。

有苦自己知

小時候，三妹最愛等爸爸下班回家，那是她一天中最興奮的時刻。

爸爸的工作是輪班制，分早、午、夜三班，無論上的是哪一班，三妹總愛獃在門口，遠看爸爸那步履如飛的身影直奔家中。若爸爸上的是夜班，媽媽就會着孩子準時上牀，不許三妹等候。為要逃過媽媽這一關，三妹只好裝睡，當聽到鐵閘打開的聲音，她就立刻從牀上跳起來，哈哈大笑，而剛進門的爸爸也會向她報以大笑。爸爸的臉上總是掛着笑容，像是經過了愉快的一天，工作並沒有帶給他任何疲累和煩惱。小小年紀的三妹還以為工作是多麼愉快、多麼好玩的一回事。有一次她天真地告訴爸爸，她想快點長大，可以外出工作，爸爸這才慈祥地對三妹說，他的笑容是來自對家庭的期待，他只是刻意拋開工作中的困擾，盡情地享受家庭之樂！

一個晚上，三妹看見媽媽替爸爸塗藥酒，還聽到爸爸訴說工作中的煩惱，原來那次爸爸爲了工作上的問題與同事發生爭執，被推撞並扭傷了手臂。那一刻，三妹才知道成年人世界的殘酷。及後爸爸告訴三妹，他不會把外面的困擾和麻煩帶回家中，因爲這些與孩子無關，他不想把怒氣、煩擾加在孩子身上，故此他常常面帶笑容，盼望我們無憂無慮地成長。

從前我們一家住在一個狹小的單位，沒有臥室，所有牀鋪、衣櫃、椅子等家具都放在客廳裏，沒什麼私隱可言；父母要等到我們都入睡後，才會傾談心事、互吐苦水，就是不想孩子受困擾。其實父母在生活中也會遇到很多不快事，但一直支撐着他們積極面對生活的動力，就是孩子；他們願意硬着頭皮、咬緊牙關面對生計，目的非常清晰，就是盡量讓孩子在和平、安樂的環境中成長。所以無論面對任何問題，在白天時他們都很少皺眉頭、唉聲歎氣。到我們都長大了，更覺這種做法的難能可貴，讓子女在這個溫暖和充滿愛心的環境中成長。

有很多父母，在外面受了氣、受了委屈，便把負面情緒帶到家中，這樣非但讓孩子提早經歷成年人的煩惱，有時更要無辜地成為大人的「出氣袋」。小小年紀，便要背負超乎他們年齡所能承擔的重擔，試問孩子又怎能健康成長呢？

一份寶貴的重視

爸媽看重我們的需要，把滿足我們的需要放在首要位置。

小時候家境清貧，家中擁有的電器不多；電風扇總算有一部，但除了在夏天時使用之外，其他日子都用塑料袋嚴密地封好，期望保養得宜可以耐用一點。除此之外，其他較奢侈的電器都一律欠奉，例如用來吹乾頭髮的電風筒，因而家中成員都習慣清早洗頭，讓頭髮自然風乾。三妹個性較為反叛，有時她會在睡覺前才洗頭，爸爸恐怕她頭髮未乾透就去睡覺的話，會有什麼「頭風」之類，所以一定會為她搧乾頭髮——三妹坐在地上，爸爸在後面一下一下地搧扇子。直到今天，三妹仍然十分回味，每次看到同類的扇子，也會令她回想起爸爸的愛和溫暖的親情。

每天早上上學前，媽媽都會準備早點，讓我們吃飽才上學。她預備的不是普通簡單的便餐，而是「非一般」的早點：湯麵、粥、餃子，即使是麵包，裏面也會包着新鮮美味的餡料，總之天天不同，真的花了很多心思去預備。媽媽認為吃早點非常重要，因此不計較早早起牀為我們準備；她又惟恐常吃某一類食物會太單調，就費盡心思，做出各式各樣的早點。媽媽預備的早點真是天下美食，不但好吃，而且營養均衡，到現在我們還不時回味呢。

每逢過新年前，爸媽一定會帶我們去買衣服，說新年就要穿新衣，不單外衣，連內衣、鞋襪、手帕等都是新的。到後來我們年紀漸長，留意到爸媽在過年時並沒有穿新衣，一問之下，媽媽才坦白告知家裏的錢只夠買孩子的東西，若他們也要買新衣的話，那我們就不能添置全套新裝了。

爸媽寧可放棄自己的一份，也要先滿足孩子的需要，希望我們在新年時能以全新的姿態外出拜年。對他們來說，看見我們開心興奮，就已滿足了。

矜貴的洗碗布

在我們念中學的年代，女生要上家政烹飪課，男生要上木工金工的課；很明顯，在當時的教育工作者心目中，女生將來要相夫教子，而男生則要負上粗重工作的責任，及早在中學時為學生打好基礎，以備日後之需。

第一次上家政課時，老師吩咐學生要預備需用的材料，其中之一是洗碗布。原來洗碗布也分兩種，一種是用來洗擦之用，另一種則用作抹乾碗盤的，真是大開眼界。平時在家裏，無論是洗碗盤、抹乾碗盤甚或抹桌子，用的都是同一塊布，從不曉得洗碗布也有這麼多學問。老師給我們看了洗碗布的樣本，說在一般超級市場就會買得到。

於是我到家附近的超級市場去買，卻只找到其中一款，另外一款卻不見有售；當時我真是焦急萬分，因我素來是守規矩的好學生，不想到上課時還未做到老師的要求。當爸爸下班回家，得知我的苦惱，便叫我不要擔心，還拿了老師給我的樣本，打算翌日下班後去各大百貨公司尋找，相信必定買得到。

第二天，爸爸比平時晚了兩三個小時才回來，甫進家門，顯得十分氣餒，還帶點怒氣，問我那塊布是用來幹什麼的，他走了多間百貨公司也尋不着相同的款式。當我告訴爸爸那是一塊用來洗碗的布時，爸爸更感疑惑：幹嗎洗碗竟要特地買一塊洗碗布，甚至在大百貨公司都買不到？爸爸對我在學校學的洗碗方法實在百思不得其解。

買不到需用的工具，我惟有硬着頭皮帶了一塊近似款式的布回校，幸好老師的要求不是太高，只要可以抹乾碗碟的布便可，我才放下心頭大石。

這事讓我更認識我的爸爸——一個不辭勞苦、不問情由地為兒女奔波的父親，兒女再微小的需要，他都百般重視，這豈不是提升孩子自我價值最有效的方法嗎？

我的第一件「溫暖牌」

小學一、二年級的時候，有一年的冬季特別寒冷，氣溫低至攝氏十度。香港的氣候潮濕，寒風徹骨，我只穿着校服裙，並沒有其他禦寒保暖的衣服，身體僵冷得簡直像雪人一樣。當我冒着寒冷放學回到家中，媽媽見我冷得面色蒼白、嘴唇發紫，心疼得即時抱我入懷，潸然淚下。

以我們當時的家境，實在連買一件毛衣都負擔不起，但我又要上學，怎麼辦？媽媽沒有放棄，即時動腦筋想辦法，竟給她記起鄰近的工廠大廈有很多棄置的舊毛綫，她便到那些垃圾堆中撿拾，用拾得的破碎毛綫，連夜為我編織了一件暖暖的毛衣。第二天我就穿上這件毛衣上學，縱然天氣有多冷，我的身心都是暖融融的。

媽媽就是如此能幹的女人，雖然面對種種環境上的困難和限制，她卻絕少自怨自艾，或是怨天尤人，總能想出積極的解決辦法。也許正是媽媽立下的榜樣，令我們縱使在人生路上遇過很多困難，卻相信生命總有出路。我們深明不要輕言放棄的道理，無論處於多惡劣的環境，在重重限制之中，亦要尋求出路。因為媽媽本人正是活出了這個信念：她自幼家破人亡，寄人籬下，但她堅持活下去，後來逃亡到港，家境清貧，沒有什麼蔭庇，還要照顧四名子女；子女在成長路上各有不同需要，她就在有限的資源中想辦法。這份積極求存的意志，向我們示範了生命總有出路。

保險箱中的陳年紀錄

這個家給我們很多安全感，其中一個原因，在於我們知道父母十分重視我們的東西。自小到大，父母都不會隨便丟棄我們的物件，小至一張紙，只要上面寫過一些字句，父母都不敢輕忽，惟恐一不小心會令我們損失一些重要的資料。

記得有一年我到美國進修，參加了很多課程，得到多張聽講證書。當我收拾行李打算回港時，為減輕行李的重量，就把一些可以郵寄的東西先寄回香港，這一疊聽講證書便首先被送回家中。對我來說，縱使這疊證書途中寄失，也不是什麼大損失，但父母收到後，卻珍而重之地保管，表達了一份對我的的重視和欣賞。

後來我繼續升學，校方向我索取一大堆有關我兒時的注射紀錄，我原本以為這些陳年紀錄早已不知所蹤，豈料當我向媽媽查詢時，她竟然可以逐一出示！不但如此，她還從保險箱中取出一疊我兒時的注射卡、健康紀錄等，交還給我。看着這些保存完好的紀錄，這份重視和心意，令我感動得無言以對。

在這疊紀錄中，我驚奇地發現了一張由健康院發出的「哺乳卡」，提醒母親要隔多少時間餵乳一次，而這個需要餵養的嬰孩，正是今天已年過四十的我。

拿着這張哺乳卡，我不禁泛起淚光，心裏是無盡的感激。媽媽沒有受過教育，她不認識卡上所寫的是什麼資料，只知道這是由健康院發出，認定這些資料對女兒的健康可能很重要，因此不敢輕忽，珍而重之地收藏起來。

無私的奉獻

我家二弟預科畢業後，考進理工學院修讀工程，以優異的成績畢業；系主任推薦他往英國留學。這個難能可貴的機會理應讓二弟感到興奮，但他卻沒有多大反應。因為二弟很明白家中的境況——一家六口素來只靠爸爸一力承擔，而我這個大姐才剛畢業沒多久，家中何來餘錢讓他出國留學呢？但當二弟不經意地向爸媽提及這個機會時，出乎意料之外，他們竟答應了！

其實我們知道二弟往海外升學的費用，會令家裏的負擔百上加斤，爸媽即使傾盡了畢生的積蓄，都沒有半點怨言，默默在背後承受無盡的辛酸，幫助二弟夢想成真，成為一個留學生。

爸媽都是深明大義的人，只對子女付出，不期望索取任何回報，全心竭盡做父母的天職。二弟畢業回港後，不久便結婚，爸媽對他體諒有加，沒有要求二弟夫婦與他們同住。後來二弟的孩子出生，爸媽更向他們力陳僱用外傭的壞處，雖已屆花甲之年，仍不辭勞苦地為二弟照顧孩子。

孫兒升上小學後，二弟家裏還是聘用了外傭，但媽媽仍然每天接送孫兒上學和放學，更親自下廚做飯，送飯到學校給他。

最近二弟一家因信奉天主教而放棄了拜祖先，起初媽媽有點不悅，但她始終是個開明的母親，最後亦沒有反對他們的宗教信仰。

其實為人父母者都有他們的「個人需要」，但在滿足個人需要與為子女犧牲之間，究竟如何取捨？上一代的父母心思較單純，全心全意為子女付出；但今天的父母可能會面對更多的掙扎。社會上紛亂的價值觀，令人不知如何定位，矛盾非常。很多父母既想滿足個人需要，又想為子女付出，但真的可以兩全其美嗎？在沒有太大選擇空間的時候，便是考驗父母能為子女犧牲多少自我需要的時刻了。

緊張大師

天下父母可能都有一個共通點，就是非常關注子女的健康。我們的爸媽也不例外，孩子們不管哪一個生病了，爸爸或媽媽一定會帶他去看醫生。

三妹自小怕吃藥，也不會吞藥丸，有時連喝兩大杯水仍未能把一片藥吞下，吃藥的過程每每如受刑，甚至令她辛苦得哭起來；即便如此，爸媽還是滿有耐性地鼓勵三妹，還會用動作示範如何吞嚥，總之施展百般武藝，到三妹終於吞下了藥，他們才鬆一口氣。

三妹念高中時，體內長了一個不知名的腫瘤，媽媽為此十分緊張。雖然看過很多醫生，都認為問題不大，但媽媽依然擔心不已。她聽説鄉間有一個外公的同鄉，是一位醫術高明的中醫，於是便一連幾個星期天帶三妹回鄉診治。媽媽一大早就帶着三妹，千山萬水的坐完火車又坐公車，忍受顛簸不平的路程，從清晨五時出發，直到中午才到達目的地；看過醫生後，停留不到半個小時，她們就要動身回家，抵家已是傍晚時分。三妹經過整天的舟車勞累，回來就馬上休息，但媽媽卻立即要開始預備晚餐。除了照顧三妹，媽媽還要照顧其他家庭成員。媽媽對三妹健康的關注，化作了一種鐵人般的能耐。

看了好一段日子的中醫，三妹的腫瘤仍在，最後媽媽惟有帶三妹到醫院動手術，經過化驗，證實腫瘤屬良性，媽媽才舒了一口氣，自此三妹亦毋須不斷地看醫生了。

病榻中的反思

在兄弟姊妹中，四弟自小聰明活潑，是學業成績最好的一個。雖然家中能提供給他在學習上的支援有限，但他憑着聰敏天資，竟能考進區內一所名校中學。四弟不單讀書成績好，且活潑好動，興趣甚多。

男孩子好動，自然亦會較多機會碰撞受傷，有一次，四弟不慎被玻璃刺傷腳底，傷得很嚴重，不能走路。媽媽知道後，沒有半點責備，她惟一關心的是要盡快帶四弟去看醫生。醫務所離我們家甚遠，乘車後還得再步行一段路，媽媽不知從哪兒來的神力，竟能揹着四弟走那一段路，四弟可不輕呢，若不是愛的驅使，實在無法解釋。這一段經歷，四弟至今難忘。

四弟成年後，曾經患上嚴重肺病，先後在兩間醫院留醫接受治療，休養了差不多整整一個月。那時四弟剛開始過獨立生活，有自己的工作，也有自己的朋友，但在危難關頭，最可倚靠的仍是媽媽。媽媽天天舟車勞頓往探病，當然還有「靚湯」滋潤。在病榻中的四弟有很多反思，人生中什麼是最可貴呢？從前他以為一切最可貴的東西都要在外尋覓，但原來他早已經擁有，就是近在咫尺的親情。

我們在人生中都遇過不少考驗，但媽媽一直都不離不棄，而她對我們的愛，又不會讓人窒息。有些父母的愛會令孩子感到束縛，一次意外，便要孩子乖乖留在家中，以免父母擔心；一場大病，便會神經過敏地留意孩子一切生活細節，防止再出問題。其實孩子的成長是不會無風無浪的，沒有經過挑戰，又怎能磨練出孩子面對困難的能力？

第一次出門遠行

當年我踏進大學校門，世界彷彿一下子變大了——原來大學裏有那麼多不同的學科，有那麼多不同背景的同學，實在令我眼界大開。由於我家距離學校甚遠，我獲分配學生宿舍，入住宿舍後，開始要過獨立生活，也不再受到父母的管束，我頓時感到海闊天空，自由自在。

一旦得到了自由，我便想離開狹小的香港，到外地旅行開闊眼界。大一那年的暑假，我辛勤地做暑期工，賺取足夠的金錢打算到中國旅遊。我相約了幾位同學，一起計劃行程，興致盎然。當一切安排妥當，我便告知爸媽，原以為他們准會欣然答允，豈料他們知道我要出門遠行，竟顯得憂心忡忡，因為在他們眼裏我始終是個十來歲的孩子，從未出過門，假若有什麼意外，他們不知如何是好。

我沒料到爸媽會如此擔心，但我當時年少氣盛，對自己充滿信心，也未懂得體諒他們的心情，加上我想往外地見識的渴求甚殷，便據理力爭，甚至一意孤行。他們見我如此堅持，也明白到女兒已經長大，開始要學習獨立；幾經商量之後，他們帶着萬千的憂慮，終於答允我的要求。他們惟一可以做的，就是臨行前對我切切的叮嚀。

到了出發的那一天，我要在清晨五、六時就起行，他們親自送我到車站，囑咐我一路上要小心謹慎，亦祝願我有一個愉快的旅程。我就在爸媽的送行和祝福下，開展了人生第一次的離家遠行。整個旅程一共是二十一天，我和同學們玩得非常愉快，每到一個地點，我都會寄信回家，希望藉此減輕父母的掛慮。

旅程圓滿結束，當我平安回來，父母仿如放下心頭大石。爸爸對我説，在這二十一天裏，他和媽媽沒有一晚能安睡。我聽後深感慚愧，同時也十分感激他們，因為他們沒有為着要減輕焦慮而阻礙我踏上成長的路。

很多父母就因為一份焦慮感而過分保護子女，限制了子女

向外探索，阻礙了他們的成長。焦慮與愛有時只是一線之差，父母愛子女，自然會記掛他、擔心他，所謂「養兒一百歲，長憂九十九」。當人面對焦慮，通常是想控制環境，控制周圍的人；事情愈受自己控制、焦慮便愈會減低。難怪很多父母都想孩子一味順從，只要孩子愈聽話，父母的擔心便愈少。孩子聽從父母是應該的，但父母的擔心也不必然合理；當孩子日漸成長，要走自己的路時，父母便得「放手」，而放手最大的敵人就是焦慮和擔心。《聖經》提醒我們：「愛裏沒有懼怕。」（〈約翰一書〉四：18）沒有恐懼的愛，才會讓孩子有成長的空間。

石斑變鯇魚

我是家中最先結婚的。第一個孩子成家立室，爸媽顯得十分雀躍和緊張。對傳統中國家庭來說，家中的第一次喜事都想辦得隆重一點，希望高高興興地公告天下：我家孩子長大了。

籌辦喜宴時，爸媽十分細心地挑選菜式。一般來說，喜宴中通常都包括烤乳豬、魚翅湯羹和清蒸石斑這幾道菜餚，然而菜單中是否包括石斑，價錢可以相距甚遠，礙於經濟所限，我不禁憂心起來。

爸媽見我憂心忡忡，當然十分關心，細問之下，原來是有關酒席菜式的問題。他們商量後，竟向我提議說，何不把菜單中的石斑轉為鯇魚，這樣會省很多錢呢！對於這個改動，酒樓經理當然十分不悅，但爸媽卻堅持，他們不管別人的看法，只想不要令女兒負擔太重。

坦白說，爸媽也在意別人的目光，也會介意別人的閒話，把

石斑改成了鯇魚，即使賓客不在主人家面前投訴，也會在背後議論。然而，跟女兒的需要相比，他們情願忍受閒言閒語的壓力，也不想令女兒難做。

小時候，若有人欺負我們，爸媽會首先了解是否自己的兒女犯錯，若不然，他們都會挺身而出保護我們。其實爸媽都是怕事的人，若讓他們自由選擇，可能情願息事寧人，但為了兒女，他們卻願意改變自己的性格，由怕事變得勇敢，由退縮變為主動，由介意別人的看法變為不理會是是非非。父母的改變，令我們明白，愛能改變萬事，惟有愛才可以改變一個人的個性。

做個快樂老人

在我十四、五歲那年，有一次假日爸媽又帶我們去郊遊，那天十分盡興，真是樂而忘返，回程已是夜幕低垂，華燈四起了。我們平時外出，只會乘搭公共汽車及步行，甚少與計程車結緣；但那天時間實在太晚，翌日清早還要上學，爸爸惟有破例找計程車。只見爸爸站在路旁不住向經過的計程車招手，但卻沒有一輛停下來，我便向他説：「你只可攔截車頂上亮燈的計程車，燈亮着表示那部車沒有載人。」爸爸以好奇的目光看我，問：「你怎會知道的？」這當然是學校老師教的。

回家後，爸爸躺在牀上沉思良久，然後對媽媽説：「我們的女兒已經漸漸長大，有一天她會比我們更能幹，她會倒過來教我們有關這個世界的知識。」自此以後，爸爸好像不再把我當作孩子，有時更會與我商量家中的事情，又給我很大的自主空間，例如後來我在報考大學時選擇修讀社工系，爸爸毫不干涉，完全尊

重我的決定。

由一個生活上的反應，爸爸意識到孩子已成長至某個階段，並懂得作出相應的教育模式：小時候他和媽媽給予我們細心的照顧，除了起居飲食外，他也跟我們說故事，從故事中教導我們怎樣做人；雖然家境清貧，但他堅持孩子必須接觸這個世界，於是每逢休假，他都和媽媽帶我們去郊遊玩樂。而當我們到了青少年階段，他便給予空間，給予信任。這些隨着孩子年紀漸長相應而作的調節，不是基於什麼理論，而是透過觀察，透過了解，透過自我反省而來的變化。

爸爸的愛沒有因我們已經長大而終止，最近他說：「你們姊弟是我一生所愛的人，我不斷在反省怎樣做你們的父親。在你們小時候，我給你們供書教學，如今你們都已長大成人，我還可以做什麼來表示對你們的愛呢？我想我可以做的，是做個快樂的老人，不用你們擔心，這是我現在可以給你們的愛。」

爸爸，感激你給我們一生的蔭庇、永不止息的愛！

第三部

持家之道

可能不少人都會問，是什麼使一家人能和睦共處？是溝通方法？是情緒智商？這些我都同意。然而從我爸媽的例子，我還發現，兩個人走在一起，建立起一個家，就是懷着共同目標的夥伴。爸媽平時沒有太多卿卿我我的表達，甚至會間中吵嘴，但他們都十分為對方着想，毫無保留地信任對方，在重要關頭，更加知所進退，懂得以大局為重。

有這樣一個寓言故事，描述天堂與地獄的分別：天堂裏的人和地獄裏的人都圍着大圓桌吃飯，大家手上都是拿着一雙長長的筷子，筷子長得不能把食物送進自己口中。在天堂裏的人彼此服侍，用自己手上的一雙筷，把食物夾給坐在對面的人，大家互相照應不亦樂乎；不過地獄裏的人卻只顧自己，不願服侍他人，但又無法把食物送進自己口中，結果怨聲四起。

我們的爸媽能夠活出彼此服侍的榜樣，我們從沒聽過他們互相計較，也沒見過他們在子女面前數算或貶低對方。他們還會常常流露出彼此的重視和欣賞，不是刻意的，而是一種盡在不言中的感覺。夫妻同心合意的經營，才可以讓孩子有個和諧的家。

分工合作

素來「男主外、女主內」的傳統觀念主導了無數中國家庭的男女角色和工作分配，不論我們是否認同，這種想法確實提供了一種清晰的分工指引，似乎也行之有效。不過每個家庭的處境各異，就算是好方法也不一定適用於所有家庭。幸好爸媽並沒有囿於這種思想，懂得靈活變通、互相分擔。

爸爸除了要外出工作，在家中也會照顧孩子和打理家務，同時亦毫不吝嗇與孩子活動的時間。媽媽主要留在家裏照顧我們的起居飲食，但她也工作賺錢。家裏有一部手動編織機，媽媽就用它來編織手套，這工作並不僅是幫補家計而已，乃是家中主要經濟來源之一。

當爸爸留在家中時，他會清潔打掃、洗衣服和修理電器等。偶爾媽媽不在家，爸爸就負責下廚，他最愛做的小菜是叉燒炒蛋和蒜片炒白菜，還會蒸一些即食點心例如燒賣、牛肉球等。這些菜式在媽媽眼中固然不合格，但可能我們較少吃到爸爸燒的菜，因此感覺新鮮，尤其是即食點心，這是媽媽在家時不可能出現的東西。

媽媽是個十分勤勞的人，每天工作超過十小時，白天除了照顧我們外，還要努力編織毛手套，由早做到晚。待孩子都入睡了，她便開始洗衣服，有時看見她把一件一件的髒衣服往洗衫板上用力擦，好像沒有絲毫倦意，不用休息，也不會生病，在我們眼中，媽媽真是一位強人，像是永遠不會倒下來似的。

然而世上哪會有不倒的人？媽媽為了賺更多的錢來改善家中生活，便轉為編織毛衣。編織毛衣比編織手套的難度更高，功夫也更多，耗費更多的精神。因為實在太辛苦了，媽媽轉業不久即換來大病一場，原本強健的身體變得虛弱了，烏黑的頭髮也長了不少白絲。爸爸心疼得很，情願繼續貧寒，也不想媽媽為多掙一點錢而病倒。結果媽媽痊愈後，就放棄了織毛衣，繼續編織毛手套。

爸爸對於做家務毫無怨言，並不認為是替媽媽做的；媽媽亦不會覺得自己除了料理家務外還要編織賺錢是件苦事。他們倆的目標十分清晰，就是要齊心合力撫養我們成人。

和平使者

我們家的管教模式可說屬於慈父嚴母式。雖然媽媽心裏也十分疼愛我們，但她明白孩子不可不教，有時更會採用體罰。在那個年代，父母惟恐會寵壞孩子，因此十分相信體罰的效用。不過媽媽進行體罰也有基本的原則：（一）她只打孩子的手腳，不打頭部或其他身體部分；（二）孩子上中學後，必須停止體罰，以免影響他們的自尊。今天的心理學理論並不贊同體罰，但昔日媽媽認為這樣有原則的體罰方法，是有效的育兒方式。

雖然如此，當籐條落到自己身上時一點也不好受。給媽媽打了一頓，惟有向爸爸哭訴。爸爸是慈祥和藹的父親，又是體諒的丈夫，面對孩子的哭訴，他處理得十分合宜。首先他會容讓我們盡訴苦情，聆聽我們的感受；當我們慢慢平靜下來後，他便會告訴我們是什麼原因令媽媽那麼生氣，例如是因為我們答應會做的事並沒有做到，又或是說謊等，爸爸都會坦白而具體地指出。最

後他會告訴我們，其實媽媽是多麼疼惜我們，她怎樣為我們付出等。說也奇怪，每次向爸爸哭訴後，心裏都會感到舒坦釋然，也會減少對媽媽的憤怒，甚至會為自己的犯錯感到慚愧。

現在回想，雖然爸爸沒有讀過任何心理學，但他似乎天生有當輔導員的潛質——他具備同理心，懂得具體指出孩子的錯處和盲點，也懂得引導孩子明白媽媽的苦衷和感受。有時我真的不明白為何爸爸有這樣的智慧和能力，也許就因為他擁有無私的情懷，因此能夠放下自我、放下成見，聆聽孩子的心聲；更重要的，是他不會透過孩子的哭訴去與媽媽比較，看誰是更佳的家長。由於他的無私，他的內心便會澄明，既能體諒孩子的感受，又能清晰明白妻子的動機，穿梭於兩者之間，擔當了家中的和平使者。

夢幻組合

我們覺得爸爸和媽媽真是一對「夢幻組合」，他們各有強項弱點，但卻能互補不足，合拍非常。

在我們心目中，媽媽是個「萬能母親」，無論遇到什麼困難，她都能解決；表面看來，媽媽似乎十分主導，因為她聰明能幹，能夠應付很多實際問題。相反，爸爸卻有點「矇矇懂懂」的，什麼也無所謂，我們只知他脾氣好，有責任感，且勤力工作。有一個階段，我們甚至以為媽媽的貢獻要比爸爸多，因為當我們遇到生活中的難題時，大多是尋求媽媽的協助；直到我們長大後，更全面地看事情，才懂得欣賞爸爸的貢獻。

很明顯，媽媽是位能幹的實務者，而爸爸卻是一位有智慧的導航者。在多個重要的家庭決定上，爸爸都指出了決定性的方向，帶領整個家庭走上正確的道路。例如在我是否繼續學業或就業的問題上，他選擇了讓我升學；在考慮是否離開家人去當船員

的事情上（見頁 95〈一個家需要父親〉），他選擇了留在本地工作，陪伴子女成長。平時好像什麼也無所謂的爸爸，在重要關口卻非常明智，知所取捨。

其實爸爸真的很有智慧，他知道媽媽聰明能幹，聰明人有時難免有好勝心，所以他很少與媽媽爭一日之長短，在很多事情上都會禮讓她，而且非常肯定她、讚賞她。媽媽聽後，心裏愉悅，也不會計較自己付出多少，對爸爸也產生正面的感覺。當面對重要抉擇時，平時甚少主導的爸爸突然會變得思路清晰，平日取笑爸爸「笨頭笨腦」的媽媽，又會變得馴如羔羊，順服丈夫的決定。爸爸很懂得如何發揮他的影響力，能夠小事放手，大事執著；他們彼此間亦有份不言而喻的徹底信任，才能配搭得宜。

窗邊的安靜時間

在我的記憶中，爸爸常喜歡獨個兒站在窗前，觀看街上的景色，從前我並不明白他這個舉動的意義，如今長大了，結了婚，有了自己的家，才明白箇中的含義。

雖説家人之間貴乎溝通，但有些事情是怎樣也溝通不了的。溝通，是兩個人進入彼此的世界，了解對方內心真正的想法、感受和掙扎；真正的溝通，是聆聽、了解和明白，必須先放下評論的「有色眼鏡」才能達致。然而要放下主觀的評論又談何容易？大部分人的所謂溝通，不過是表述個人立場，提出控訴，又或是千方百計令對方就範。誠懇的溝通視乎一個人的成熟程度，愈是成熟的人，愈有放下論斷的能力，這樣才能進入別人的內心世界，明白對方。此外，生活空間也影響一個人的溝通能力，若生活空間困迫，壓力太大，莫説要與人溝通，可能連處理自己的情緒也無能為力。縱然有着各種因素會影響溝通的素質，但人內心

通常都有種渴求，就是期望對方能明白自己。

爸爸為何喜歡憑窗遠眺？因為他需要安靜的時間去調節自己的內心。他深明家人間有時候亦會出現溝通的限制，在各有難處、各有苦衷的情形下，大家都想對方明白和體諒，不免會產生衝突。爸爸體會到，與其跟家人之間互相拉扯，不如自己先平靜下來，才與對方溝通；換言之，爸爸不是要透過溝通來讓人明白他，而是想先安靜下來，面對自己，然後才能透過溝通去明白家人。

我們一家靠爸爸勤勞工作去維持生計，生活十分拮据，而媽媽也是盡心盡力為家庭付出一切；面對種種生活困境，人有時亦未必再有心靈空間去關心或了解家人。爸爸似乎也明白到，媽媽在照顧家庭之餘，未必再有心力去安慰他，若對她再多求，豈不叫她百上加斤？因此他學會了安靜自己，不會向媽媽提出過多的要求。正因他的體諒，媽媽也十分疼惜爸爸，夫妻間從來不計較付出，感情良好，為我們提供了一個和諧歡愉的家庭環境。

忍辱負重

是什麼原因令一個人能夠忍辱負重？相信是他能看見一些比眼前更為重要的東西。

在六、七十年代的香港，社會普遍貧窮，很多家庭都是逃難南下，沒有什麼家當財物，然而子女眾多，家中經濟往往只靠父親一力承擔，母親們為了照顧眾多子女，未能出外工作，只能在家中做些手作。在這樣的現實下，很多作為長子長女的，便要肩負分擔家庭經濟的責任，甚至小學畢業便要出來工作，無奈地失去了繼續求學的機會。

我家的情況也大致如此，全家的經濟重擔落在爸爸身上，縱然媽媽已有幫補家計，但收入仍是有限，全家的開支常甚是拮据。在我小學畢業時，爸媽已打算安排我出來工作；當時的製衣業蓬勃，若我能到製衣廠找到一個職位，實可減輕爸媽不少負擔。幸而我的一位小學老師認為我是讀書材料，因此勸服爸媽讓

我繼續上學。爸媽當然感到為難，若是條件許可，誰不願意讓女兒升學？但家中的經濟怎辦？他們商量過後，最終決定讓我繼續升學，縱然家中一貧如洗，也無怨無悔，因為爸媽覺得孩子讀書的機會要比眼前經濟更為重要。

因為這個決定，相較其他的鄰居，我家很遲才有能力購買電視機，也很遲才安裝電話，平日衣着也較其他小朋友殘舊。我們知道這些貧寒的處境，曾引來別人的嘲笑，但爸媽沒有因要忍受這些嘲笑而把怒氣轉向我們，反而教我們更要珍惜讀書的機會，因為只有受教育的人，才懂得思想，懂得做人，他們正是希望我們會好好地做人。

面對四方八面的壓力，爸媽若非內心澄明，對我們的厚愛，又怎能在當時忍辱負重，選擇一條與別不同的路？

節制

小時候，每逢星期天爸媽都會帶我們去郊外旅遊，這是他們的教育哲學，他們認為孩子除了書本知識以外，也要從生活中吸收常識，增廣見聞。因此即使星期天是爸爸惟一的休假日子，他都不會只顧自己休息，會帶我們到處遊玩。

帶着四名幼童旅行實在花費不少，為了控制開支，一切都要計算得十分準確，例如車資、午餐的費用，還有其他支出，爸媽都要仔細籌算。通常在結束一整天的活動後，為免媽媽再辛苦煮飯，我們都會舉家到同一間酒樓晚膳，有趣的是，爸爸每次都是點這兩道菜式——乾炒牛河和肉絲炒麵。

起初我們不明白箇中乾坤，還以為酒樓只供應這兩道菜式呢。後來我們向爸爸提出這個疑問，才知道他們的苦衷——原來乾炒牛河和肉絲炒麵是最便宜的。他們必須小心開支，不可因一時放縱而令家中入不敷支。

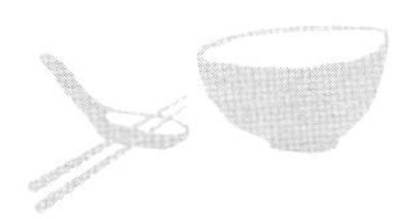

正是爸媽懂得節儉和克制，我們家總算是收支平衡，並沒欠下任何債項。相較其他家庭，爸媽賺錢不是最多，兒女又未能提早出來工作幫補收入，但我們家竟然是沒有欠債的罕有一族。當年我們的鄰居之中，不少家庭都是負債累累，有因為家人嗜賭，也有因為不善理財，以致造成種種問題，甚至釀成悲劇。

長大後，我們更加明白節制真是一項操練。君不見時下很多人正因不懂節制而自招苦果嗎？不能自制地發泄情緒、不能節制地亂花金錢、不能自制地傷害他人，實在太多不能自制的例子，也許我們需要重新欣賞和實踐節制的美德。

一個家需要父親

有一段時間，爸爸為着是否轉工而煩惱不已。當時爸爸任職漂染廠工人，不單薪金微薄，還常遭人欺負；爸爸品性善良，面對惡人的反應多是退縮忍讓，內心自然是委屈萬分，但一家的重擔都落在他的肩上，他實在沒有選擇，惟有忍耐下去。

後來朋友介紹爸爸去當海員，知道海員的薪金高，爸爸便與媽媽詳加考慮是否要轉工。當時爸媽就此事多番商討，見到家中的需要，爸爸在工作單位又遭人欺負，似乎轉工是一個不錯的選擇；而且不少當海員的人，由於入息理想，家境也得以逐步改善，爸媽看在眼裏，不免覺得心動。

幸好爸媽做事一向謹慎，除了着眼於物質的回報，也細心觀察這些海員家庭的子女成長問題，最後爸爸下了一個結論：一個家是需要父親的，父親的角色不單是養妻活兒，還要肩負起兒女的品德培育；他十分清楚，一個家庭不單需要金錢，更需要父

愛。爸爸最終決定留在香港工作，這個決定亦令媽媽放下心頭大石，原來她亦恐怕丈夫不在時，自己一人未能應付家中的突發事件，她寧可貧窮，也希望一家團聚。

爸爸這個決定曾遭到其他人的異議，起初他也感矛盾，既想改善生活，又想留在家中，但當他發現更重要的價值時，便義無反顧地向前行，十分堅定。事實上，他從沒有為此自怨自艾，因為他十分清楚全家的需要，也知道自己看重的價值，故亦樂意為此作出犧牲和讓步。

當人還未清楚知道自己最重視的價值時，很容易左顧右盼，三心兩意，選擇了一條路，又埋怨失去的東西；若選了另一條路，又會後悔當初的決定。惟有當人能了解自己最重視的價值時，便會甘心樂意為此作出犧牲，放棄其他次要的東西。不過現今社會開放，價值系統紛陳，叫人分不清什麼是最重要，什麼是次要。在這種情況下，人很容易會被眼前的東西干擾，忘卻更深層的價值。到驀然驚醒，可能為時已晚。前一陣子在電視上看到一位飲食業大亨的訪問，他憑着精湛的廚藝，白手興家，經過幾十年來的艱苦經營，終於創立了自己的事業王國，電視節目的主持人亦羨慕不已，但當問及他的兒女時，他即表現出一副惋惜的神情，說在兒女成長的階段，他無暇陪伴，現在事業有成，孩子亦已經長大，再不需要他了。人的一生，不斷追求、不斷尋覓，究竟最重要的，是稍縱即逝的物質享受，還是不變的親情？當還有機會去選擇時，要及早認定。

第四部

育兒技巧

雖然我的爸媽不懂得什麼育兒理論，但他們的育兒技巧確有一手。他們懂得令每個子女都覺得自己是獨特的，又會透過遊戲、親子時間，培養我們的人際技巧和創意，同時促進我們姊弟間的感情。雖然我們小時候讀書成績各有差異，但彼此間卻沒有比較，也沒有無謂的競爭。

他們會因應子女不同的個性和需要，給予適切的教導。例如以看待成年人的態度來對待我，跟我商量家事。面對成績不理想的二弟，着意培養他的自信心。很多父母可能都有類似的體會，就是發覺男孩子年幼時沒有女孩子般懂事；爸媽似乎也明白到，耐性等待二弟自己醒悟。二弟一直無心向學，直至中四那年才突然發覺要發奮用功，男孩子突發的爆炸力，實在不可小覷。爸媽對三妹的讚賞最多。三妹小時候的個性有點兒固執，動輒放聲大哭，我們都笑她是「喊包」，三妹被取笑，自然心裏不悅。有時，爸媽見三妹遭到欺負，便給她更多口頭上的鼓勵；爸爸讓三妹感到她是可愛的，曾對她說：「若我的小女兒將來擇偶，求偶人士恐怕要由旺角排到尖沙咀哩！」通常都會逗得她咧嘴大笑。至於四弟，讀書成績在姊弟中是最好的，經常名列前茅，爸爸反擔心他會驕傲自滿，因此常提醒他不要驕傲。長大後，四弟從沒有因為他的天賦才華看不起人，而且對有困難的人很有同情心。

爸媽的育兒技巧，就是留心每個孩子的特性，因材施教，不會作無謂的比較，並且讓我們覺得自己是特別的，雖然大家各有不同特點，仍然可以和睦共處。

善解人意的鬼馬爸爸

每當媽媽在廚房做飯時，三妹最愛與爸爸一起擺放餐具，然後幫忙把一盤盤熱騰騰的餸菜放到桌上。爸爸很喜歡預先嚐味，有時還會給三妹也嚐一點，但這是偷吃行動，不能讓媽媽知道，爸爸也會示意三妹別發出聲音，在偷吃成功後，二人就會哈哈大笑，為着詭計得逞而沾沾自喜。

三妹讀中學時，爸爸常會代她接聽同學的來電。爸爸較高的聲調常令同學們誤以為那是媽媽，三妹亦曾向同學解釋，但依然產生誤會。三妹覺得不是味兒，很想告訴爸爸，但又怕使他難受。後來三妹始終按捺不住，把事情告訴爸爸，爸爸的反應真是出人意表，他不單沒有生氣或感到難堪，還自我解嘲說：「爸爸是有文化的斯文人，聲音一定不像粗魯的人，哈哈！」經他這一說，三妹心裏的困擾一掃而空！

年輕的時候，三妹偶有與媽媽意見不合、發生爭執，爸爸經常擔當「和事老」，趁着只有他和三妹的時候，就說出他對媽媽的體諒。爸爸不會判斷誰對誰錯，只會表達媽媽是一位難得的好母親，然後在每個細節上欣賞媽媽的優點。他說世事有時難分對錯，人與人之間的矛盾多在於不夠體諒；說也奇妙，經過爸爸的分析，三妹心裏的不快就消散了；爸爸就像是心理輔導員，撫平三妹困擾的心田。

成年後三妹搬出自住，每次回家吃飯，在離開時爸爸總是細心詢問她有沒有帶齊個人物品，還預備了份量十足的水果讓她帶走。他還會計算三妹回家路程所需的時間，然後致電給她，確定她已安全到達；若天氣有任何變化，不論是轉熱、轉冷或颱風等，他都不忘叮囑。

直到現在，爸爸仍然對我們體諒有加，有時看見我們面對生活上的各樣壓力，他一兩句話，就能帶給我們能量。在他身上，令我們深深明白體諒的威力，能化解人與人之間的怨恨，給人無限支持。

現今的家庭中大多是雙職父母，來自工作上、社會上的壓力增多了，不斷削減父母的能耐，對子女也有更多的期望與索求。另一方面，孩子也不斷面對來自學校的要求，還要面對父母的施壓，家不再是避風港，反而是另一個製造壓力的場所。其實，當孩子面對困難時，最需要的是父母由衷的體諒，猶勝千言萬語的讚賞。今天的孩子不乏讚賞，但讚賞背後可能隱藏着另一種期望；在軟弱時，孩子需要的是諒解，更需要的，是父母不帶期望的諒解。

強人媽媽

媽媽的脾性跟爸爸很不同，媽媽是大情大性的人，個性率直，敢作敢為，有點男兒豪氣，加上解決問題的能力，她在我們眼中可説是一個「強人」。

爸爸從早到晚在外邊工作，家中大小事務都由媽媽一人擔當。小時候，媽媽與二弟是家中的木匠，製作過不少家具，其中印象最深刻的，是他們成功自製了一扇浴室門！那份滿足感，至今也叫二弟回味無窮，津津樂道，更重要的是這過程培育了二弟解決問題的信心。

二弟在學校裏常給老師責罰，讀書成績又強差人意，自信心常受打擊；幸好媽媽從不以成績和成就來釐定孩子的價值，孩子有什麼專長，便讓他隨性發揮，無論是讀書也好，木工也好，在母親的眼中，二弟都同樣出色。

雖説媽媽有男兒氣概，但她也盡顯保護孩子的母性。有一

次，當二弟正與鄰家的男孩玩耍時，突然來了警察，把那男孩當場拘捕；後來那男孩的母親要求二弟出庭作證，為她的孩子做時間證人，但媽媽知道那家人背景複雜，且與黑社會分子素有勾當，她擔心二弟會成為黑社會分子尋仇的目標，於是便挺身而出，無論鄰居用什麼恐嚇的手法，她都堅持保護自己的孩子，拒絕讓二弟捲入這場漩渦之中。媽媽的勇氣，不但保護了二弟，也令我們有份莫大的安全感。我們知道，只要有媽媽在，什麼事都不用怕，致令我們姊弟四人更敢於探索世界。記得媽媽有一次問，為何我們四人都如此外向？媽媽，這豈不是你給我們的寶貴禮物嗎？

電視的管制

爸爸從小就教導我們，讀書十分重要，他不是要子女透過學有所成來賺錢，而是期望子女受教育，能明辨是非，懂得做人。他不但用言語來陳明這個道理，更用行動來支持。爸爸雖然讀書不多，但他勤讀報紙，對他來說，讀報就好像讀書一樣，他認爲看報紙是掌握社會動態、豐富常識、學懂做人道理的渠道。他還喜歡在星期天的早上「朗讀」新聞，媽媽識字不多，爸爸這樣做，便是間接向她報道時事動態。

除了用行動來表達尋求知識的重要外，他亦訓練我們有節制地娛樂。無論是上學天或是假期，我們可以看電視的時間都受到管制，新聞報道是必看的節目，除此以外，就只有一套半小時的卡通片可看。每天放映時間一到，我們四姊弟就排坐地上，享受那歡樂時光。有時我們想多看一會，但爸媽都會嚴加管制，不單限定時間，也必須在我們完成功課後，才能享受電視的歡愉。

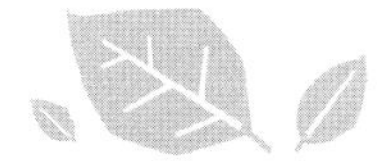

在七十年代的香港，看電視是一般家庭的主要娛樂，晚上茶餘飯後，一家大小都喜歡圍坐電視機前。但爸媽並沒有這樣做，怕過度看電視會影響我們的作息，也影響我們上學的精神素質。所以從前最受歡迎的綜藝節目《歡樂今宵》，我們甚少看到；每當同學、朋友談論受歡迎的電視節目，我們連一句都答不上。爸媽辛勞了一整天，晚上理應休息一下、娛樂一下，但為了我們，他們也放棄這項享受。只要得悉我們要做功課、準備考試，他們就會自動營造一個寧靜的環境，讓我們專心溫習。他們的犧牲和克制，讓我們明白做事要知道分寸，也明白到讀書是自己的責任，要自發地用心學習。

反觀現今的居住環境改善了，很多孩子都有自己的房間、獨立的書桌、先進的電腦，我們以爲子女擁有足夠的設備，理應好好讀書，然而經常聽到很多父母投訴子女懶惰，或是沉迷電腦遊戲。究竟是引誘太多，孩子不能抗拒？抑或是父母未能以身作則，給予子女適切的管制？尤其涉及到要犧牲和讓步時，對父母來説就成了更大的考驗。

盡展所長

對很多父母來説，有時最難過的一關，是如何放下自己的心願，真正順應子女的天分，給他們發展的空間。

小時候的三妹，是最愛説話的一個，當我們家安裝了電話後，三妹十分喜歡這新玩意，每天平均花上個多小時去談電話，怎樣也阻止不了她。爸爸觀察三妹的反應，有一天他忽然問三妹是否真的很喜歡電話？若然，她日後可以去當電話接線生，這樣便可以天天對着她喜愛的東西了。

其實爸爸有時真有點糊塗，他以為三妹喜歡的是那部電話，卻不明白並非電話本身有什麼吸引力，而是談電話的對象與過程令三妹着迷。當爸爸觀察到三妹對「電話」的鍾愛時，便建議她從事一項與電話經常有接觸的行業。爸爸當然知道接線生不是一份入息高的工作，然而，他不是透過子女的成就來滿足自己的心願，他所關注的是他們的喜好，以及有什麼途徑去發揮？

我想起另一位父親怎樣支持他的兒子從事宣教工作的故事。那兒子一向讀書成績優異，父親望子成龍，心裏十分盼望兒子能當上醫生，認為對於兒子是理想的職業。誰料兒子不從父願，竟説想做宣教士——一份沒有收入保障，但又比當醫生更辛苦的工作。父親知道後十分生氣，父子關係出現很大張力；幾經掙扎，父親最終想通了，對兒子説：「孩子，只要你認為做宣教士更適合你，我是支持的。」兒子聽後，當場落淚，父子關係重修舊好。

爸爸面對三妹的職業選擇，就像那位父親，他所關注的，不是自己的期望，而是真心真意地從孩子的意願着眼，過程中實在有很多學習放手的功課。

後來三妹當然沒有做電話接線生。大學畢業後，她做了一名小學教師。

逆其道而行的育兒方法

去年全亞洲惟一的戒毒學校——正生書院，因校舍擠迫、破爛而申請遷校往梅窩一所空置多時的校舍，卻遭當地居民搖旗喊口號，作激烈反對，說是免得影響當地民風。我們的社會竟是這樣對待讀書不成，或是曾經誤入歧途的濫藥青少年。只要你一次犯錯，便會被標籤、被排斥。正生事件，反映了部分成年人那狹隘的胸襟。不但社會的風氣如此，連家中對待孩子的方法也是一樣。

很多父母都會疼愛乖巧伶俐的孩子，至於頑皮難教，再加上屢遭學校投訴的子女，就算心裏不想排斥，也難掩厭惡之情。這些有特別困難的孩子，生活在遭人嫌棄的氛圍裏，自尊受創，苦不堪言；意志薄弱者，便會自暴自棄。父母喜歡聽教聽話的孩子是人之常情，但為人父母者最令人欽佩的地方，正是能夠排除這

樣的「人之常情」，對反叛難教的孩子給予更多更大的愛。

二弟從小到大，是帶給爸媽很多煩惱的男孩，他的讀書成績未如理想，又常常被學校投訴，既頑皮又難教，雖然如此，爸媽給二弟的呵護卻是兄弟姊妹中最多的。

記憶中，在我們家仍是十分清貧的時候，二弟已擁有一雙昂貴的溜冰鞋。他也是第一個擁有模型車的，又經常得到爸媽的讚賞。爸媽對二弟的厚待，令我們羨慕不已；但説也奇怪，我們卻不覺得他們偏心，或許是因各人都已得到爸媽足夠的愛，所以不存在無謂的爭寵，又或是我們都認同爸媽的哲學，覺得二弟在外面飽受挫敗，因此他是應該得到更多，藉此着意培養他的自信心。最終，二弟沒有放棄自己，當他升上高中後，便發奮圖強，沒有辜負父母的一番厚愛。

爸媽這種逆其道而行的育兒方法，實在令我們佩服他們的遠見和智慧。

個別時間

上一代的家庭很多都是兒女成羣，對於作父母者來説，要維繫眾子女間的感情，避免彼此之間的競爭，實在是一大學問。幸好我們四姊弟的感情相當不錯，從小到大都沒有太多惡性競爭的場面。

現在回想，我們之所以感情融洽，又沒有爭競爭寵，可能正因為爸爸媽媽懂得令我們每一個都感覺自己是獨特的。能夠讓我們都感到在父母心目中擁有一個特別的位置，真的要感謝他們所給予的「個別時間」。

首先由當大姐的我説起。爸爸喜歡單獨帶我到茶餐廳喝奶茶，他讓我知道，我是家中的長女，是弟妹的榜樣，若我勤力讀書，弟妹也會勤力讀書，若我的行為優異，弟妹也會仿效。爸爸為了讓我感受到作為「大家姐」的特殊位置，令我覺得自己是弟妹的領袖，便容許我偶爾享受一下只有大人才可以做的「歎奶

茶」。

然後是二弟。二弟是擁有最多特別玩具的一個，相對其他姊弟，他在學校裏有更多負面經歷，常被老師投訴説他成績欠佳。為了令二弟感到父母的疼愛，即使家境清貧，他仍然擁有一些特別的玩具。

接着是三妹。爸爸十分疼愛三妹，當長大後，我們才知道每年三妹生日，爸爸都會賞她一件生日蛋糕。從前我們誰人生日都會有一隻紅雞蛋，惟獨三妹卻有生日蛋糕，對三妹來説，她覺得自己是何等特別。

最後是四弟。媽媽很疼四弟，在媽媽心中，四弟既聰明又活潑。在我們四姊弟中，他有最多機會參與不同的課外活動：當童軍、打籃球、學游泳等，童年生活多姿多采，正合他的個性。

在一些子女眾多的家庭裏，其中某些子女可能會感到被忽略。父母如何保持對子女們的公平公正，又要令每一個都感到自己是獨特的，實在是一門很高深的學問。

謎語中的人生哲理

以前媽媽曾給我們猜一個這樣的謎語：

「天高，什麼比天更高？

海深，什麼比海更深？

鐵硬，什麼比鐵更硬？

棉花軟，什麼比棉花更軟？」

小孩子喜歡接受挑戰，對於這個甚有難度的謎語，我們都大感好奇，姊弟四人七嘴八舌搶答：是不是月球比天更高，海牀比海更深，銅比鐵更硬，水比棉花更軟？我們自以為聰明，豈料全部答錯，最後媽媽揭曉謎底：「做人的學問比天更高，父母的恩情比海更深，兄弟不和比鐵更硬，夫妻恩愛比棉花更軟。」

聽到答案後，我們當場發出「噓」聲，當時年紀小，並不明白什麼做人學問、父母恩情。如今長大了，才發覺這不是一個簡單的謎語，而是充滿人生哲理的偈語。

不錯，做人的學問高深莫測，年輕時自以為掌握到的事情，年紀大了才明白所知只是皮毛，自問很認識自己，誰知充滿盲點。對於父母所作的犧牲，要到本身為人父母時，才真正體會。兄弟不和是自古以來的悲劇，歷史上多少國破家亡的故事不都是因為兄弟鬩牆所致嗎？愛情是千古以來世人的追求，夫婦恩愛是多麼的甜蜜，只羡鴛鴦不羨仙，能有一段親暱的關係，比做神仙更快活。

很多事情，真要等人長大了、成熟了，方知箇中的學問。當年我們對媽媽的答案嗤之以鼻，想不到數十年後才明白這個謎語所蘊含的深邃意義。

我認識一對夫婦，他們的兒女成績不錯，別人都以為他們理應很安心，豈料他們並不是這樣想。他們說，讀書好但不懂得做人，有什麼用？在他們心目中，懂得做人比讀書成績好來得重要。或許我們不必比較做人與讀書孰輕孰重，在現代社會，讀書也是立足社會的重要條件。然而有些父母卻太側重子女的學業成績，反而忽略了孩子的做人態度和品格。三妹任職小學老師，慨歎今天面對頑劣學生，不易管教，皆因他們背後有父母撐腰。從前的父母，若學校老師替自己管教孩子，會連番多謝；但今天竟然有些父母，擔心孩子的操行分被扣，會倒過來責怪老師。

現代社會充斥着能力高但缺乏人格的人；做人的學問比天還高，當父母的切記要教導孩子好好做人。

吃雪糕的快樂

在平淡的生活裏，其中一項爸爸很喜歡的活動便是吃雪糕。以我們的家境，每個人都能吃一杯雪糕絕對不是常有的事，只有在特別的日子，例如爸爸領到勤工獎，才會破例。

每當爸爸提議吃雪糕時，我們就知道家中有些額外收入，因此也會特別高興，大家興高采烈、七嘴八舌叫出喜歡的口味：「芒果！巧克力！雲呢拿！」好不熱鬧，這時爸媽也會像孩子般，説出自己喜歡的口味。

其實由爸爸宣布可以吃雪糕，到真正拿着一杯雪糕在手的整個過程，已是相當興奮和熱鬧。當爸媽看見我們天真地期待着這份特殊大獎，他們眼裏便流露出一份滿足。在他們的心目中，孩子是生命中最寶貴的，孩子喜悅，他們便也喜悅。其實我們也真的很容易滿足，只是簡簡單單的一杯雪糕，已教我們樂上大半天。

在那些日子，爸媽對我們沒有什麼特別的期望，他們也沒有聽過什麼遊戲中學習的理論，只是盡情享受與孩子吃雪糕的時間。相對現代的孩子，我們真是很幸福，因為爸媽不知道那些令人眼花撩亂的育兒理論，沒有太多要如何與孩子溝通、怎樣建立親子關係的壓力，他們只是單純地享受孩子天真的反應，不過是一家人團聚吃雪糕，已足以令人滿足。

爸媽對我們沒有要求、無條件的愛，就這樣自然地滲透。我們姊弟四人也沒有做什麼，只是發自內心地笑，發自內心的興奮雀躍，享受手中的雪糕，爸媽已經感到滿足和安慰。他們沒有說什麼「我愛你」、「你是我的寶貝」之類的話，然而他們滿足的眼神，已蘊含了對我們深刻的愛。

私房餐館

在童年時，我們姊弟不時渴望可以去餐館用膳，皆因喜歡那份新鮮感。爸爸沒能力帶我們上館子，就積極發揮他的創意，把家變成「餐館」！

做法很簡單，爸爸請媽媽改用盤子盛米飯。平時吃飯，我們每人手拿着碗，桌上擺放數碟菜餚，共同享用；但當家變成餐館時，我們每人便會各自享用一盤「碟頭飯」——把飯菜全放在盤子上，食具由筷子轉為勺子，並且「碟頭飯」的名稱也仿效「餐館」，例如什麼菜遠牛肉飯、豉椒排骨飯等，務求令我們有置身餐館的感覺。其實孩子真的很容易滿足，這樣一個簡單的玩意，也令我們樂上半天。現在回想，對爸爸的想法既感佩服、又覺有趣。

或許有人會覺得爸爸的做法無聊，但在我們心目中，正是爸爸令我們明白什麼是在現實的限制中尋求出路，既要接納限制，又不被限制所困。長大後，我們發現很多人被困於現實的困局之中，飽受摧殘，失去生命的動力；又或是不甘於接納現實，執迷不悟。接納現實並不是向現實低頭、逆來順受，亦不是與之硬碰或死戰；而是深明現實的不能改變，卻以智慧順勢而變。這個說來容易，做起來卻並不簡單，若不是有顆澄明的心，又如何能做到？縱然我們姊弟四人比爸爸受的教育更多，但做人的智慧卻自愧不如。

若我們請教爸爸，他是如何懂得這些做人的智慧？我想他是答不上來的。然而我們十分肯定，他有一顆單純愛我們的心，或許正是這份單純，令他衍生這些智慧。現代人的知識不斷增長，但做人的學問卻不斷退步，這算不算是教育的失敗？

三妹的玩具

三妹小學時念上午班，當時學校沒有太多的測驗和功課，平日放學後便有很多空餘時間可以玩耍、閒聊、做白日夢。在眾多遊戲中，三妹最喜歡玩「煮飯仔」（家家酒），她擁有林林總總的「煮飯仔」玩具，有塑料造的、陶瓷造的、木材造的，體積各有大小，全都是跟媽媽到菜市場買菜時的戰利品。

通常在午飯過後，三妹便會跟隨媽媽到菜市場，那裏新奇又好玩，還可以到魚檔去看鮮活的魚兒。回家前的最後一站，必定經過一家文具店，店內掛滿模型玩具、洋娃娃、玩具汽車等，當然也有三妹的重要目標——「煮飯仔」。媽媽看見三妹那麼投入、沉迷，偶爾也會買一套回家，久而久之，三妹就擁有不少了。

在家裏玩「煮飯仔」十分有趣，我們四人分飾不同角色，有扮演餐廳夥計的，有扮作客人的。廚師煮好菜餚便送到客人面前，客人還會給食物評分。有時候我們會向媽媽索取新鮮食材，例如蔬菜，加入水和鹽，一併放進玩具鍋子裏，下面用火柴、牙籤等當作燃料，竟然可以熬出一鍋熱食來。當然在玩火時，都有媽媽在旁監管。

媽媽竟容讓我們玩這樣有難度又麻煩的遊戲，而且不厭其煩，在旁協助。事實上，她是十分忙碌的，要照顧四名子女，要打理家務，又要做手作幫補家計，但她仍樂意參與我們的遊戲，又讓我們自由發揮。從今天的育兒理論來看，媽媽的確給予我們很大的創意空間，助長我們發揮創造力。

釣魚的比喻

爸爸是很有耐性的人，他生性善良，為人坦白隨和，待人誠懇，雖然做事有點膽怯，卻十分盡責。為了養妻活兒，他大半生在一間漂染廠裏工作，工廠的環境惡劣，而且欠缺工業安全措施。爸爸確實曾遇過工業意外，被機器切斷了一根指頭，之後接受了一個拙劣的接駁手術，非但令他的手指外形扭曲，而且不能再動。然而生活的擔子依舊，爸爸受傷後仍要每天工作十二小時。為了讓我們過安穩的生活，他繼續任勞任怨。爸爸的愛，不單表現在他辛勤的工作，也表現於他待我們的態度上，他的工作雖然辛勞，但他從不埋怨家人，閒來還會給我們講故事，一星期難得的假日又會帶我們外出遊玩。

令我印象深刻的，是爸爸經常運用日常生活的例子來教導我們。二弟小時候愛踏單車，有一次因為一時貪心，竟接受了一位陌生人給他租用單車的金錢。那時我們居住的屋邨，環境複雜，經常聽聞一些黑社會分子打架、進行毒品交易等非法勾當。媽媽知道二弟接受了陌生人的金錢誘惑後，既擔心又憤怒，不懂用什麼方法來教導他，情急之下便把他痛罵了一頓。爸爸知道後，卻很有智慧地用了一個故事來引導二弟。他對二弟說了一個釣魚的比喻：漁翁釣魚，會先給魚餌，再耐心等候魚兒上釣。這個生動的例子，令二弟明白有些人要利誘孩子幹壞事，會先給予好處，再伺機等候。聽罷這個比喻，二弟再沒有隨便接受陌生人無緣無故的好處。這個例子亦令他畢生難忘，待他有自己的兒子時，也曾用類此的例子教導他。

有時，一個生動的故事，比嚴厲的斥責更為有效。在斥責聲中，孩子只聽見成年人的怒氣，他會覺得自己無用、不可愛；但恰當的故事則令他們有空間去反省事件之間的關係，更能起教導的作用。

二弟的轉變

手指各有長短，我們四姊弟雖然同一父母所出，但能力卻各有差異。我和四弟的讀書成績最好，每次考試都名列前茅；三妹的成績也不錯，惟獨二弟的成績卻是強差人意。每次派成績表時，我是計算有多少科目取得滿分，但二弟的成績表年年都是「滿堂紅」，要看還有多少是及格的。

看見二弟這樣子的成績，爸媽當然希望可以幫助他，但沒有餘錢聘請補習老師，自己的文化水平又不足以督導他的功課，於是惟有鼓勵做大姐的我去幫二弟補習。我當時心想，若要花時間幫他補習，便意味着少了時間玩耍；而且我已經要協助做家務、照顧弟妹，現在還要輔助二弟的功課，心裏實在很不是味兒，自然暗自嘀咕。奈何父命難違，便勉為其難地督促二弟的功課。

既是心有不甘，督促二弟的時候又哪會好言好語？我對着二弟呼呼喝喝，一點耐性也沒有。爸爸看在眼裏，兩個都是自己的兒女，怎麼辦？有一天，爸爸很和藹地對我說：「你弟弟的學業成績追不上別人，信心已大受打擊，或許我們未必能令他建立學業上的信心，但至少可以幫他建立做人的信心，要讓他知道天生我才必有用，縱使學業成績不好，也還有其他的專長啊！」其實爸爸並沒有在學業上對二弟有什麼要求，反而常常讚賞他在砌積木、踏單車方面的才能，令他重拾自信。當我聽了爸爸這一番話後，心中很是慚愧，為何要對一個已失去自信的人呼呼喝喝？豈非是在他的傷口上灑鹽？

爸爸既能以真情打動我，又能看見二弟的深層需要——一份做人的信心。及後二弟在高中時突然發奮讀書，最後還以優異成績到英國深造，獲得兩個碩士學位，現於商業機構工作，面對陌生人或外籍顧客也沒有懼色，一副自信滿滿的樣子。這一切，都要感謝爸爸當年的體諒與栽培，以父愛來滿足他，鼓勵他。

外星來的祖母

曾經有一段時間，祖母在我們家中居住。我記得她有一頭烏黑的長髮，矮小的身形，慈祥的面孔。印象中她從來沒發過脾氣，或是鬧過什麼情緒，怪不得父親的脾氣這麼好，有如此一個有修養的母親，相信會有潛移默化的熏陶。

有時祖母會教我們唸一些古文，什麼「人之初，性本善，性相近，習相遠」，或者「天地玄黃，宇宙洪荒」。坦白說，我們一點興趣也沒有，只覺得祖母在講一些我們聽不懂的「外星話」。我們還暗地裏把祖母所教的自創另一些版本，其中四弟的版本最具創意：「天地玄黃，宇宙洪荒，人類初現，貌似 King Kong」，真是有趣多了！祖母的用語也跟我們不同，例如有一天她問我們為什麼不用上「書房」，加上她濃厚的鄉音，聽上去有點像「屍房」；祖母是接受私塾教育的，她不知道社會上已經沒有她所說的「書房」，只有學校。就這樣，我們和祖母之間的溝通經常出現困難，好像是跟外星來的人在對話。

我們一家六口擠在一個狹小的斗室，活動空間十分有限，加上祖母的蒞臨，連睡覺的地方也不夠。晚上，我與祖母一同睡雙層牀的上層，爸媽就睡在下層。空間實在太狹小，我們二人擠在只有三尺寬的牀上，簡直動彈不得，最慘是晚晚如是，我的忍耐實已到了極限。為了表達我的不滿，我透過用力地上牀、誇張的轉身動作來無聲抗議；爸媽睡在下層，當然知道我在發脾氣。不過祖母的忍耐力果真驚人，縱然空間狹窄，我又表現出不耐煩的態度，她卻始終沒有投訴過半句，只盡量靠邊睡，讓我有較多挪動身體的空間。然而我怎會滿意？我的目的是想取回被霸佔的「失地」。

爸爸看在眼裏，然後有一天與我談心，跟我訴說祖母的悲慘遭遇：她如何年輕守寡，如何帶着孩子逃難，如何遭人欺負……然後反問我一句，我們還可以欺負她嗎？爸爸沒有譴責的語氣，他只是引發我對祖母的憐憫之心，我彷彿看見一個孤苦無依的老

人，遭受孫兒的欺負，我真的感到十分慚愧。自此以後，我再沒有發出過怨言。

這就是爸爸的過人之處，他好像能看透人內心的想法，更重要的，是他既能看透你，又能接納你；他不會責備你，而是帶你進入生命的深處，學懂體諒別人。他相信由責備而來的改變是扭曲的，甚或是陽奉陰違的；只有由體諒別人而來的改變，才是由衷的改變。雖然爸爸讀書不多，但在他身上，卻讓我們明白「世事洞明皆學問，人情練達即文章」。

饒恕的力量

從小到大，二弟的讀書成績都不如理想，大部分科目都徘徊在合格邊緣。我們姊弟四人就讀同一所小學，我的卓越成績就形成了二弟很大的壓力，老師們經常拿二弟與我比較，令二弟在挫敗的心情下對讀書失去信心和興趣。他不明白為什麼仍要讀書，只見鄰家很多小孩都在小學畢業後，或短暫地讀了一點中學課程便放棄學業，踏進社會開始工作，賺得的金錢更使他們改善了物質生活，令他羨慕不已。

二弟讀中三那年，班中很多同學都做兼職工作，毫無學習氣氛可言。二弟無心向學，後來更為了拿取高分，竟在考試中作弊，結果被記了大過，並把他的名字張貼在學校通訊欄上，二弟的心難受極了。學校的訓導主任要二弟學懂認錯，還要他向父母交代，叫他不知如何是好。

那次下課回家後，二弟心裏簡直有千斤重擔，飯後一聲不響

就躺到牀上去。媽媽見他這個樣子，便問個究竟，二弟還沒開口說出第一句話便大哭起來，他真的很害怕，又感到羞愧，實在無法面對自己所犯的過錯。媽媽知道事情始末後，竟然沒有半句責備就原諒了二弟！媽媽的寬恕，令二弟感動不已。這事讓他深深體會到爸媽無條件的接納，永遠給予他改過的機會，也教他學會在錯誤中成長。

經過這次教訓，升上中四後二弟便開始以認真的態度讀書，成績也漸見進步。二弟的改變令身邊的同學也開始轉變，一向無心向學的同學們竟相約在小息及放學後到圖書館溫習。雖然二弟在高中的兩年急起直追，但會考成績始終未如人意，幸好爸媽沒有像其他父母般，馬上就要求二弟出來工作幫補家計，反而讓他重讀中五。二弟十分珍惜這個機會，成績有了明顯進步，結果考試成績在班中名列前茅，並且轉到一所較有規模的中學讀預科。

耐力驚人

年少時並不知道，教導子女實在需要百忍成金的耐力；現在才發覺，爸爸媽媽的忍耐力是那麼的驚人。

我們家地方狹窄，所有家具都放在大廳中。我們喜歡為家具粉飾一番，把貼紙貼滿衣櫥、冰箱、雙層牀等，這還不夠，家中牆壁都是我們的畫板，滿佈塗鴉——即我們的大作，但爸媽從未阻止，有時還會欣賞我們的作品哩。

有一陣子流行一種「撞撞球」，那是一個圓環繫上兩條繩子，繩子的末端各連接着一顆硬球，只要抓緊圓環，用力擺動，兩個圓球就會互相碰撞，發出「嘀嘀」的響聲。二弟和三妹最喜歡用「撞撞球」來比賽，他們使勁地搖擺，看誰能撞出最多次數。有一次比賽中途，二弟不慎脫手，「撞撞球」立刻從他手中飛脫而出，擊中廚櫃的玻璃門，發出「嘭」的巨響。二弟和三妹都嚇呆了，四目交投，不知所措。媽媽聽到響聲，一邊詢問孩子

的安全，一邊走過來。當她知道孩子都沒有受傷，就用膠布封好玻璃上的裂痕，連一句責罵或難看的臉色也沒有。

其實連二弟和三妹也自覺過分，後來追問媽媽為什麼沒有責備他們？媽媽卻說，家裏的空間實在太小，而她又忙着，沒時間陪我們到外邊去玩，所以我們只能呆在家裏玩耍，有些碰撞也是正常，況且我們又不是故意破壞，不能責怪我們。

爸媽就是這樣，不會亂發脾氣，容讓孩子活潑好動，給予無限空間，讓我們發展、發揮。每想到這裏，我們都非常感動。相對我們現已為人父母，但對子女的體諒與忍耐，與爸媽相比之下，真的令我們汗顏。

親子活動

近年時興各式親子活動，什麼親子唱遊、親子普通話、親子歷奇等，比比皆是。原來早在三十多年前，我們的爸爸媽媽已經懂得善用時機來進行親子活動了。

每逢星期天，都是我們的家庭日。我們最愛的活動之一是到城門水塘遠足。走到石澗旁，我們會脱掉鞋襪、捲起褲管，手持漁網，走進小溪裏捕捉小蝦小魚小螃蟹。爸媽一邊在旁照顧，一邊輕輕移動石頭，讓我們可抓到更多的魚蝦蟹，所有收穫都會放進家裏的魚缸。

夏天的時候，我們愛到沙灘去，有時候還會「摸蛤蜊」。我們站在水中，彎下腰，手鑽入泥沙裏四處摸索，摸到蛤蜊便放進水桶中帶回家，晚上便可品嚐炒蛤蜊。我們也會去游泳，媽媽就留守岸上看管財物。我喜歡坐在樹底下看書，二弟和三妹會輪流跟爸爸游到浮台去，四弟年紀尚小，就在沙灘上堆堆沙。等到

午餐時間，媽媽把預備好的食物擺放在草蓆上，有鹵水雞腿和炒飯，還有一壺熱茶，我們吃得津津有味。

不用上學的日子，如果我們留在家中，媽媽還會安排我們「集體做蛋糕」。材料很簡單，只需要雞蛋和調味料，她着我們輪流在電飯鍋的內膽裏打雞蛋，一邊打，一邊數數目，恐怕少打了。之後放在大鍋裏隔水蒸熟，最後就一起品嚐熱騰騰的「蛋糕」。這個活動既可消磨時光，又可讓我們進食健康小吃。

還有爸爸，他所講的故事娓娓動聽，又能導出寓意。晚飯後，我們席地而坐，爸爸就站在我們面前，一邊講，一邊做動作，無論臉部表情和聲調都配合得宜，繪形繪聲，我們看得目不轉睛。故事每每以教訓為結束，教導我們要有禮貌、做事要認真，最後我們總報以熱烈的掌聲及歡笑聲。

沒有刻意的安排，就在這些日常生活的親子活動中，自然而然地建立了甜蜜溫馨的親子情。

今日很多父母，悉心為子女安排大量的「課外活動」，把孩子的時間表編排得密密麻麻，既學游泳又學唱歌，書法班完了便是數學班，星期天也不可以休息，因為還要學琴；連大人都感到咋舌，孩子哪有精力？本來課外活動的目的是讓孩子在課堂以外，多參與有益身心的活動，享受樂趣，減輕壓力；但今天這些活動已變成另一個製造壓力的課堂。孩子既要應付學校的正規課程，又要頻撲不同的課外活動，實在疲於奔命。甚至這些課外活動成為了親子壓力的源頭，因為父母要孩子學東學西，孩子不能應付，反抗起來，結果造成張力，所為何事？

很多父母又會互相比較，見人家的孩子十八般武藝樣樣皆能，在滿懷焦急之下，不問情由就盲目跟風。與其不停地與人家比較，不如實際了解一下孩子的狀況，更重要的，是要問：參與這些課外活動的目的是什麼？不要本末倒置，造成孩子和父母「雙輸」的局面。

我家變了遊樂場

在七十年代的香港，物質供應不是很豐富，那時孩子們都沒有太多的玩具，卻有很多時候會與兄弟姐妹和鄰家小孩進行集體遊戲，什麼捉迷藏、兵捉賊、跳飛機、拍公仔紙、彈波子、跳繩等等，百玩不厭，叫人回味無窮。除了這些集體活動，留在家中我們也有法子玩得不亦樂乎，家，就是我們的遊樂場。

我們家中有一張雙層鐵架牀，把揹小孩用的揹帶綁在上層牀架上，便成了一副鞦韆，幾姊弟輪流盪鞦韆，全屋滿溢了歡樂笑聲和鐵枝摩擦的吱吱聲。雖然我們的重量已把上層牀架拉至變形，但我們並未受到制止。另外，一塊長木板加一些爽身粉，就可以變成滑梯，我們一邊滑，一邊唱遊，笑得合不攏嘴！

天熱的時候，玩水是最佳的享受。把水灑在客廳的泥磚地板上，便可以在上面滑行，若想效果更佳，還可放些洗衣粉，小小的客廳便成了溜冰場，我們在上面高速走動、轉身、急停等。對我們來說這是玩樂，對媽媽來說就當作是洗地，是否一舉兩得？

廚房我們也不放過，在長方形的狹小空間裏，只有一個排水位，我們用一個裝滿水的塑料袋把排水洞封密，水既流不走，廚房便成了一個大容器。接着我們便在地上注滿水，把金魚、水草、石頭從魚缸移到這個新容器裏，變成一個立體大魚缸。我們站在水中，蹲下來觀賞魚兒游動的姿態，甚至幻想自己是個在海中走動的巨人，當魚兒擦過皮膚，酥酥癢癢的，覺得生命很奇妙。還有一次，我們到海邊釣魚無功而還，回到家中，便用麪包做餌，繼續在這個大魚缸裏釣魚，總算有收穫。

除了動的一面，我們也有靜的一面，有時我們會把家居佈置一番，把五彩繽紛的貼紙貼滿家具的表面，不論是衣櫃、冰箱、牀、儲物櫃等，都有我們的戰績，無一倖免。

跟現在小孩玩的遊戲相比，我們覺得昔日的活動好像更有創意，更有教育意義，當然也更合乎經濟原則。我們玩的大多是團體活動，人與人之間有較多相處的機會，就這樣鍛煉出我們待

人處世的技巧。爸爸媽媽又不介意要做大量善後的功夫，容許我們將家變成遊樂場，進行各種各樣的遊戲，幫助我們發展創意。今天無論在大街小巷、公車小巴、酒樓食肆，都看到兒童在玩電子遊戲機，他們聚精會神、全神貫注地舞動指頭，頻密地按動鍵盤，動作單一乏味，哪有創意可言？孩子的活動離不開「打機」、上網、看電視，甚少與同儕一起玩耍，大大影響了他們的人際相處能力；遇到困難，也不懂尋求解決方法，只懂得模仿電子世界中的揮拳踢腿，誤以為這樣可以擺平事件。長此下去，恐怕他們的情緒智商並未能隨年齡增長。

曾有一次，見到有幾個小孩站在一商店門前「打機」，等待店內購物的親人；過了一會，母親們高高興興地從店舖裏走出來，有說有笑，然後就逕直步入另一間商店，並沒理會正在等待的子女。最奇特是，那幾個小孩仍舊目不轉睛地注視着遊戲機，一邊繼續打機，一邊跟着媽媽，繼續等待，似乎這是他們習以為常的事情，實在太可悲！那幾位母親為了方便自己購物，用這些方法安頓子女，卻犧牲了子女的成長需要。

我們的爸媽，早在三十年前就已意識到要騰出時間、花費心思去培養子女，今天我們四姊弟很多待人接物的技巧、解決問題的能力，都是從昔日的遊戲中學習得來的。

媽媽和堂姐的合照，媽媽手中所抱的嬰孩是大姊。
當時家中清貧，二人到影樓拍照，腳上仍穿塑膠拖鞋，
連一雙像樣的鞋子也沒有。

年輕時的爸爸和媽媽，一對甘苦與共的夫妻。

兄弟、姊妹，手足情深。

大姐考進中文大學時，全家都很雀躍。這是崇基學院的燒烤場，爸爸和大姐、三妹、四弟合照。爸爸本人不太喜歡吃燒烤食物，卻很樂意為我們效勞——他負責燒烤，我們負責吃。看四弟吃得多滋味。

我是家中第一個大學畢業生，當然少不得一張全家福，
舊居已拆，這是我們重獲安置的新居。

【附錄】
孫兒的心聲

沒有代溝的祖孫情

鄭昊程（15 歲）

父母生下兒女，既要含辛茹苦地撫養成人，亦要教育他們。所教的，不只是普通的知識，更是立身處世的做人道理。若不是生活在貧苦饑荒之地，教導孩子做人要比養活他們更難。養活一個人，所需的只是物質上的供應；要教懂孩子做人，卻需要無數精神、無限愛心以及懂得循循善誘的好老師、好家長，這非物質可以取代。在我心目中，外公外婆在教化後代這方面做得很好，其專業程度甚至比那些滿口理論的教育家還好。

外公外婆願意教，也懂得教。看似簡單，但做起來實在很難。我認識一些同學的父母，對子女不管不理，冷冷淡淡，甚至粗暴對待，只管自己吃喝玩樂。既然父母顯出不想管教也不關心子女的態度，那就休想子女「聽教聽話」和「孝順」自己。從歷史故事裏，我聽過有關舜王的傳說，他數次險被父母謀殺，但仍心懷感激；處身今世，我們不能要求子女像舜王，又或者有「父要子亡，子不得不亡」的思想。但父母如何待子女，子女就會如何對父母。

外公外婆不只讓你感受到他們的愛，還常把子孫的利益放在第一位，為了我們，他們願意放棄及犧牲自己的利益。例如過年過節，他們都不計較辛苦，堅持留在家裏用膳，因為他們希望兒孫們吃到健康、衞生的食物。我看到外婆一個人就能弄出十多樣美味的菜式。他們又會把握各種機會來教導我們很多道理，例如煮飯時，外婆會教我如何令食物更美味，也會提醒我小心爐火、要懂得珍惜資源等；她會述説以前的生活片段，説明幸福難得；

吃飯時，會告訴我們「粒粒皆辛苦」；有時，他們會利用不同的故事，引導我明白學習的重要，還有許許多多數不清的例子。

外公外婆懂得與人溝通，不會不問情由地斥責我們，卻會用和藹的態度分析事情的來龍去脈。即使我真的做錯了事，他們都會先了解我的動機與心態，絕少任意亂發脾氣。有一次，我打翻了湯，外婆緊張的幫我清理，還小心翼翼地檢查我有沒有受傷，跟着再給我另一碗熱湯。他們常以溫柔的語調、語重心長地教導我。有一次，我和表弟發生爭執，外公就用比喻和故事，勸我們要互相包容。在他們身上找不到令人討厭的行為，令我十分欽佩，我們之間好像沒有代溝似的。

我心目中的爺爺嫲嫲

黃立翹（14 歲）

小時候，爸爸媽媽都要上班，我便住在爺爺嫲嫲的家裏。有時我不大明白爺爺嫲嫲的相處模式，例如他們會用粗豪的聲調説話，聽起來像在爭吵似的，又像電視劇中夫妻的對白，情節刺激；然而他們會自然停下來，達到共識。後來我才明白，原來爺爺的聽力衰退，要很大的聲浪才聽得見。

我很懷念在爺爺嫲嫲家中居住的日子。在我們住的那層樓，我算是鄰居孩子中的「老大」，自然地成為小朋友們的領袖——遊戲是我提議的；他們在功課上有困難是向我請教的；每當放學回家，他們便會到我們家裏來，向我匯報一天在學校的情況，告訴我功課做得怎麼樣，默書成績又如何。有時我覺得自己像是他們的的「大王」。記得有一次我病倒了，我的「子民」全來問候我，雖然我當時年紀還小，但我亦能感受到他們對我的愛護，為什麼他們會這樣愛錫我？可能是我平時對他們好，又樂於幫助他們，爺爺嫲嫲教導我「好心有好報」，原來是真的。

爸爸告訴我，小時候嫲嫲對他管教很嚴，由於他從前住的屋邨很複雜，嫲嫲惟有對他諸多管束，以防遭壞人引誘。有一次他接受了陌生人的金錢，給嫲嫲罵了一頓，後來爺爺用釣魚的例子向他説明壞人引誘孩子的方法，令他印象深刻。爸爸口中的爺爺嫲嫲，管教嚴厲，令我感到很陌生，因為爺爺嫲嫲對我絕對談不上嚴厲，而且呵護備至，經常帶我到遊樂場，我要什麼都買給我。怎麼爺爺嫲嫲會變了另外一個樣子？究竟爸爸有沒有説得誇張了？還是他小時候太頑皮？我實在摸不着頭腦。

在我小學三年班的時候，我的堂弟出世了，爺爺嫲嫲要照顧他，我便搬回父母的家，但偶爾亦會到爺爺嫲嫲家裏住一兩天。當看見爺爺嫲嫲怎樣照顧堂弟時，都會勾起我小時候的回憶。我真的很多謝爺爺嫲嫲對我的照顧，我所能報答的有限，盼望爺爺嫲嫲健康快樂，長命百歲。

給信翹的家書

信翹的爸爸（我們的四弟）

信翹：

現在四歲的你，雖然還未懂得讀爸爸寫給你的信，但有一天你會長大，也有機會成為父親，我只想藉着這封信讓你知道，當年爺爺嫲嫲如何愛護和管教我，我今天也是如何養育你，我希望你將來也知道怎樣當一個父親。

你在我眼中的珍貴，非筆墨所能形容。這份對你的珍愛，我相信絕非必然，一定是我先經歷過被愛的滋味，才明白要認真愛護子女的重要性。自從你出世之後，爺爺嫲嫲常常教導我對你要「心錫」，不要「口錫」。這是上一輩十分普遍的信念，對於不斷吸收西方輔導理論的我來説，我更希望能做到兩者並行。過往我曾接觸過不少被視為有行為和情緒問題的青少年和家庭，就發覺到，爺爺嫲嫲所強調的「心錫」似乎不無道理。他們或許不懂得有系統地向我詳細解釋，但他們以過去三十多年的行動、對我的愛護和管教，事實上已具體的演繹了「心錫」。

「心錫」和「口錫」的最大分別是，後者代表了外在的表達，着重讓對方知道我們的想法；前者則着重內在的素質，以及愛護與管教的平衡。簡單來説，就好像是包裝與內涵的關係一樣。在日常生活中，我們不是經常看到這兩者的關係嗎？百貨公司內售賣的貨品，包裝美輪美奐，吸引顧客去購買，但實際上不是經常虛有其表嗎？相反，不少位於舊區的食店，外表殘舊普通，毫不起眼，但不是經常排成人龍，人人讚不絕口嗎？我想，爺爺嫲嫲教導我的「心錫」，正是這個着重素質的道理。

爺爺嫲嫲身體力行的素質，十分簡單——「犧牲」兩字就包含了他們的精神。自從我榮升爸爸之後，才知道當父母最困難的，不是什麼技巧知識，而是有為子女犧牲的準備。我説的犧牲，並非指在極端情況下的犧牲性命；在一般情況下，當父母要犧牲的，是自己的喜好和時間。

現代家庭出現一種見怪不怪的現象，不少孩子跟傭工、褓姆、祖父母的關係，比父母還要親密和依附，這也不難理解，現代人講求個人在事業和財富的成就，就算當上了父母，只會更加將理由偉大化，說成是為了孩子、為了家庭。有一次我出席一個展覽會，聽到身旁一位商業公司的高層要員，大聲說什麼因為工作忙碌，以致沒有時間陪伴家人，表面聽來像是訴苦，其實是在炫耀個人的成就。我心想，如果可以的話，我真想聽聽他的兒女對這位爸爸的看法和心底話。

爺爺嫲嫲在困難的時代長大，沒有接受教育的機會，更沒有高薪厚職，但他們最大的成就，莫過於當個懂得自我犧牲的父母親。每星期一天的休息日，總會不辭勞苦帶我們四兄弟姊妹，見識不同的地方：城門水塘、淺水灣、十一咪半、動植物公園、老襯亭、虎豹別墅、皇后像廣場等。爺爺嫲嫲難得儲夠錢，買了一部海鷗牌相機，讓大家可以拍照留念，但在第一天使用時，卻又被「烏龍」的我連人帶機跌壞了，爺爺嫲嫲不單沒有責罵，反而倒過來安慰我。旅遊完畢，往往會一家人到深水埗酒樓吃個乾炒牛河或者肉絲炒麵，父母陪伴的快樂，直到多年後的今天，我們仍然津津樂道，真是「鹹魚白菜也好好味」。

用現代人的術語，年輕時的爺爺嫲嫲不需要「私人空間」嗎？他們不需要「成就感」嗎？「搵食」不艱難嗎？現在回看，全部都不是，不知何解，爺爺嫲嫲就是有一種當父母的智慧和遠見，懂得分輕重，樂意為子女犧牲他們的喜好和時間，陪伴在兒女身旁，這種回歸基本的父母之道，比現代五花八門、加強「父母職能」的各種複雜方法，來得更有智慧和更有效。

信翹，爸爸就是這樣在爺爺嫲嫲的照顧下長大的，我如今也努力學習他們的榜樣來養育你。直到有一天你長大，我的孫兒出世，希望你能夠跟隨爺爺嫲嫲的腳步，做個懂得「心錫」、稱職和有智慧的父親。

心和口都同樣疼愛你的爸爸

【後記】

書終於寫畢，心裏百感交集，回望我們成長的片段，想不到已是三四十年的光景，時光流逝，誰也擋不住。

其實這本書真正的作者，是我們的爸媽，我們只不過是用筆，把他們用生命譜寫的事蹟化成文字。我們不過花了一、兩個星期，或者幾個月的時間寫成這書，但他們卻是用一生的血和淚活出這書中所記的故事。

在寫作的過程中，雖然我們姊弟四人對某些事情的記憶稍有出入，但有一點我們卻非常肯定，就是父母無私的犧牲、不望回報的奉獻，對於已為人父母的我們，無不感到汗顏，實在自愧不如。有時我們也會問，爸媽是怎樣做得到的？他們成長的年代，充滿苦難，物質匱乏，經常在生死的邊緣掙扎，戰亂饑荒，家破人亡，可以說得出的人間慘事幾乎都經歷過，然而奇妙的是他們仍能活出人類偉大的情操，這豈不是生命的奇蹟？

我們很慶幸生於這個家，爸媽用了他們最大的努力，保護我們免受外間的風風雨雨，使我們感覺到世界是歡樂的、是和諧的。我們只知道假日可以旅行遠足，春節有新衣新褲新鞋襪，長大後，才明白背後的故事——原來爸媽曾經因為衣着太寒酸，又帶着小孩，被餐廳侍應拒於門外；原來因為我們家太清貧，有些親戚刻意疏遠我們；原來祖父母曾不贊成我繼續升學，想我盡早出來工作幫補家計。原來，這一切外來的壓力，爸媽都替我們招架了。

沒有受過教育，沒有專業知識，爸媽只靠勤勞的雙手，胼手胝足地生活，由此我們看見生命的尊嚴、生命的不朽。我們也彷彿明白爸媽為我們所取名字的緣由：人窮「志」不窮，做人最重要是有志氣，生命才會光「明」，才會「彰」顯美「麗」。

這本書是我們姊弟四人向父母的致敬，向這對結婚已逾半個世紀、沒有什麼外在成就，但卻活出了生命至善至美的夫婦，表示我們無限的敬佩和感激。

感謝您選了這本書，閱讀以後，
您有沒有一些啟發，一些感想？我們期望您的聲音。
請登上 **www.btproduct.com/book**，
在「讀者回應卡」頁面內填寫。謝謝。

追風箏的父母

作者：霍玉蓮

內容簡介：

教養子女時，你要懂得收和放，好讓你的孩子，如風箏高飛。本書分為五個部分：

1. 追風箏的父母
2. 九型人格與子女培育
3. 收和放的學問
4. 親子五味架
5. 活在城市的孩子

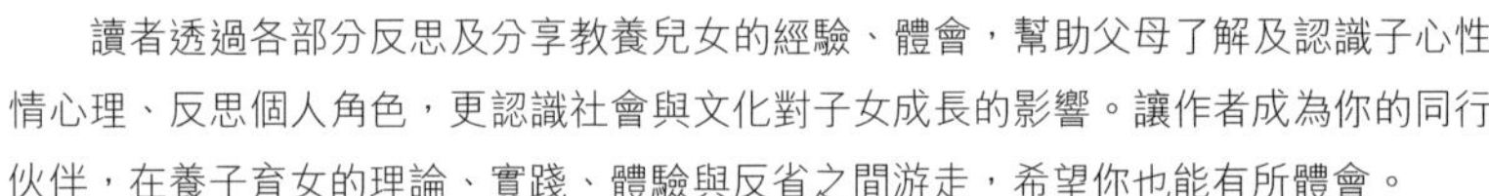

讀者透過各部分反思及分享教養兒女的經驗、體會，幫助父母了解及認識子心性情心理、反思個人角色，更認識社會與文化對子女成長的影響。讓作者成為你的同行伙伴，在養子育女的理論、實踐、體驗與反省之間游走，希望你也能有所體會。

哪個孩子不出色

作者：梁永泰

新一代夫婦都自我奉行一孩政策，作者卻相信兄弟是孩子最好的羣體，最強的支持。

- 家長會主流意見都贊成學校安排更多課業，他舉手：有沒有想過功課愈多，孩子會學得愈少？
- 別人千方百計要孩子進名校，他竟鼓勵孩子留班 ?!
- 數學不及格，孩子説要更加勤力，他卻斷然阻止 ?!
- 孩子想染髮，他回答：What is inside is more important than what is outside.

最神奇是，兒子個個長大成人，他們竟然都情願和父母同住 !!

你的孩子不能選擇由誰當爸爸，然而你卻可以學習，一家人一起面對人生每一個抉擇，尊重孩子成長的每一個需要，你就會令他們成為最出色的孩子，你自己也就是他們最愛的爸爸！